Zeitabschnitt des Schicksals

Susanne Rennert

2015

1

Bibliografische Information der Deutschen Nationalbibliothek: Die Deutsche Nationalbibliothek verzeich-
net diese Publikation in der Deutschen Nationalbibli-
ografie; detaillierte Daten sind im Internet über
http://dnb.dnb.de abrufbar.

Dies ist die Geschichte einer wahren Begebenheit,
erlebt von Waltraud Rennert.

© 2015 Susanne Rennert
Eisenbahnweg 27
34128 Kassel
Lilith149@gmx.de

1.Auflage
Herstellung und Verlag
BoD – Books on Demand, Norderstedt
ISBN 978-373-478-5030

FSC
www.fsc.org

MIX

Papier aus ver-
antwortungsvollen
Quellen
Paper from
responsible sources

FSC® C105338

Inhalt

1. Untersuchung

Das Licht schien mir ins Gesicht. Ich musste die Augen schließen. Mit meinen 85 Jahren lag ich schon wieder im Krankenhaus.
Es war heiß. Einer der heißesten Sommer seit Jahren. Das Zimmer war klein. Es passten zwei Betten nebeneinander hinein. Ein Bad mit Toilette konnten wir unser eigen nennen, mussten es jedoch mit dem Nachbarzimmer teilen. Das war der Vorteil, wenn man privat versichert ist, dann musste man nicht mit so vielen Patienten in einem Zimmer liegen, von denen mindestens einer schnarchte. Ich wäre am liebsten zuhause.

Die Tür ging auf. „Hallo Frau Rennert. Kommen Sie bitte mit. Der Arzt möchte Sie noch einmal sehen."
Es war die Schwester. Sie half mir aus dem Bett, zog mir den Bademantel über und führte mich drei Türen weiter in das Arztzimmer zur Untersuchung. „Hier setzen Sie sich bitte auf den Drehstuhl. Der Arzt kommt gleich: „Die Schwester ging und ließ mich alleine. Vor mir auf dem Tisch stand dieses riesige Untersuchungsgerät auf sein nächstes Opfer wartend. Dieser typische

Krankenhausgeruch von Desinfektionsmittel kroch mir in die Nase.

Der grüne und der graue Star hatten die Sehfähigkeit meines rechten Auges zerstört. Damit sah ich nur noch Licht und Schatten. Das sollte mir mit meinem anderen Auge nicht passieren. Ich hatte mir die ganze Farbpalette an Krankheiten ausgesucht. Halbe Sachen habe ich noch nie gemacht.

Die Tür öffnete sich und der Oberarzt kam herein. Er gab mir freundlich die Hand. „Wir wollen nochmal nachschauen, wie der Innendruck heute ist. Wenn alles in Ordnung ist, kann die Operation morgen stattfinden. Legen Sie bitte hier Ihr Kinn auf." Ich tat was der Arzt sagte. „Schauen Sie bitte hier durch. So ist gut. Sie kennen das ja schon.

Heiß heut, nicht wahr?" Ich nickte zustimmend.

Er schaute mir durch dieses Gerät in das Auge. Ein Lichtstrahl durchleuchtete mein Auge. „Na, das sieht doch gut aus. Die Tropfen haben angeschlagen. Der Innendruck ist auf 12. Alles bestens. Wissen Sie noch, als Sie zu uns kamen, war er über 40. Das war sehr gefährlich, wenn Sie nicht gekommen wären, hätten Sie erblinden können.

Dann kann ja morgen nichts mehr schief gehen. Morgen ersetzen wir dann die degenerierte Linse und sie werden sehen, wie Sie wieder besser sehen können." Er lachte über seinen Witz, den er scheinbar schon öfters bei seinen Patienten erzählt hatte.

„Die Sehfähigkeit ist jetzt auf 18 %. Lassen Sie sich überraschen. Die Schwester führt Sie zurück auf Ihr Zimmer, ich lasse sie rufen. Auf Wiedersehen, bis morgen."

So schnell er kam, verschwand er auch wieder.

Zurück in meinem Zimmer und in meinem Bett liegend, wartete ich, dass die Zeit verging. Ich starrte an die kalkfarbene Decke. Meine Zimmernachbarin schlief. Fernsehen ist nichts, ich konnte sowieso nichts erkennen. Schlafen konnte ich auch nicht die ganze Zeit.

Ich schloss die Augen. Das war am angenehmsten. Doch dann tauchten wieder Bilder vor meinen inneren Augen auf. Wenn ich auch in der Außenwelt wenig erkennen konnte, waren die inneren Bilder vor meinen geistigen Augen klar und deutlich. Wenn ich mich auch an vieles, was jetzt passierte, nicht erinnern konnte, so wusste ich doch noch alles bis ins kleinste Detail, was früher geschah.

Es tauchten Bilder auf, Häuser waren zu sehen und Menschen, die ich schon lange nicht mehr gesehen habe und die schon alle tot waren.

Ein Zucken und Schaudern zog durch meinen ganzen Körper. Ich öffnete die Augen. Ich war immer noch im Krankenhaus. Neben mir lag meine schlafende Nachbarin. Draußen hörte ich ein vorbeifahrendes Auto und ein über uns wegfliegendes Flugzeug. Sogar einen Vogel hörte ich zwitschern in einem nahegelegenen Baum. Im Gang hörte ich die Schwestern herum klappern. Dann war ich wieder ganz bei mir und versank erneut. Wenn ich so da lag und nichts zu tun hatte, war alles wieder da, alle Bilder und Schmerzen von früher.

2. Erinnerungen

Es war Mai 1945. Das bedeutete Kriegsende. Die rote Armee marschierte in Prag ein. Das schreckliche Morden und Foltern sollte für viele Menschen ein Ende haben. Endlich.

Aber nicht für uns aus dem Sudetenland. Sind wir im Krieg weitgehend verschont geblieben, bombardiert zu werden, fing für uns das Morden erst an. Oder sagen wir so, es erklomm neue Spitzen. Die Quälerei hatte noch kein Ende.

Ich war 20 Jahre jung, stand in der Blüte meines Lebens und lebte im Sudetenland in Freiwaldau. Ein schönes Fleckchen Erde. Die Stadt liegt unterhalb der polnischen Grenze im Osten der Tschechoslowakei, ab 1938 zu Deutschland gehörend. Wir sind die Sudetendeutschen.

Freiwaldau liegt in einem herrlichen Tal im Altvatergebirge, eingebettet von vielen Wäldern. Im Sommer konnten wir herrliche Kammwanderungen machen und im Winter Ski laufen. Überall gab es Schutzhütten, in denen die Wanderer übernachten konnten. Es war die Perle des Sudetenlandes. Ein Bekannter sagte einmal zu mir: „Der liebe Gott hat das Sudetenland an einem Sonntag erschaffen."

Mein Vater sang immer: „Das Sudetenland ist mein Heimatland, wo meine Wiege stand."

Oberhalb von Freiwaldau liegt der Gräfenberg. Vincent Priesnitz hatte hier eine Heilstätte mit Kaltwasser geschaffen. Im Josefgarten stand ein großes Denkmal für ihn, da er so vielen Menschen geholfen hatte. Von überall her kamen die Patienten, um hier Heilung zu bekommen.
Meine Friseurlehre hatte ich erfolgreich bestanden und arbeitete als Gesellin, als angesehene Friseurin in einem renommierten Friseurgeschäft, in dem es noch zwei weitere tschechische Gesellen gab. Es hätte so schön sein können. Ich hätte einen netten Mann heiraten können, eine Familie mit ihm gründen können und glücklich sein können. Aber es kam der Krieg dazwischen und das Schicksal hatte anderes mit uns vor.
Meine Arbeitsstelle war nun einmal in Freiwaldau und deshalb zog ich dorthin. Meine Tante Hedl, die Schwester von meinem Vater, führte dort ein angesehenes Hotel, das Hotel Schroth, das sie gepachtet hatte. Es gab sogar Ansichtskarten davon. Darauf war das Hotel abgebildet und im Vordergrund hingen die Hakenkreuz-Fahnen.
Dort bekam ich ein Zimmer mit Verpflegung. Es war eine schöne Zeit.

Meine Tante war eine drahtige und geschäftstüchtige Frau. Sie war fleißig und arbeitete von morgens bis abends. Für die damalige Zeit war sie sehr emanzipiert. Wo gab es das schon, als alleinstehende Frau mit Kind, ein Geschäft zu führen. Ich bewunderte sie.

Meine Tante war die Köchin. Da das Sudetenland früher zu Österreich gehörte, prägte die österreichische Küche ihren Kochstil. Es gab Marillenknödel, Wiener Schnitzel, die leckeren Buchteln mit Weinschaumsoße waren ein Gedicht. Onkel Henry, der nach Amerika Philadelphia auswanderte, sagte stets, als er sie aß: „Oh, mein Gürtel ist ja noch zu. Den muss ich aufmachen, dann passt noch einiges hinein."

Das Hotel hatte mehrere Gästezimmer und ein gutgehendes Lokal. Abends tagte der Stammtisch, an dem auch der Bürgermeister anwesend war. Hedl gesellte sich gerne dazu. Bis zu 120 Gäste gab es an manchen Tagen.

Ich genoss das Leben, soweit es ging in Kriegszeiten, ging ins Kino, spazieren und verdiente mir meinen Lebensunterhalt selbst. Ich hatte meine Stammkunden. Es waren viele reiche Geschäftsfrauen dabei. Daher kamen viele Kundinnen oft erst spät nachmittags zur Dauerwelle und ich arbeitete bis spät in die Nacht hinein, um sie zufrieden zu bedienen. Dafür bekam ich ein gutes Trinkgeld. Das war meistens höher als mein Lohn.

Politik interessierte mich nicht besonders. Es war halt Krieg. Das ging natürlich nicht spurlos an einem vorüber.

Ich wollte mich nicht näher auf einen Mann einlassen oder Heiratspläne schmieden. Ich kannte viele nette Männer und hatte viele Freunde, aber sich auf einen Mann einlassen, nein, das kam für mich nicht in Frage. Wie oft passiertes es, das ich mit einem Freund abends ins Kino ging und am nächsten Tag wurde er an die Front versetzt.

Und dann hat man sich auf ihn eingelassen und bekommt ein Kind von ihm. Ich hielt mir die Männer lieber auf Abstand. Das war besser so.

Ab Mai 1945 änderte sich alles für uns. Die Deutschen hatten den Krieg verloren.

Und das nächste Jahr war das Schlimmste, das ich je erleben sollte. Wir hatten noch Glück dabei.

Der Hass der Tschechen war grenzenlos. Frauen, Kinder, Männer sowieso, alte Menschen wurden ermordet, vertrieben, geschändet, alles was Hitlers Anhänger an Gräueltaten verübt hatten, wurde an uns gerächt.

3. Wie es dazu kam

Das Sudetenland war das Herzland Europas. Schon Bismarck sagte: „Der Herr von Böhmen ist der Herr von Europa".

Bis 1918 gehörte das Gebiet zu Österreich- Ungarn. Durch den verlorenen ersten Weltkrieg wurde das Gebiet aufgeteilt. Es wurde der Staat Tschechoslowakei gegründet. Das Sudetenland gehörte zu diesem Land.

Durch diese verhängte Fremdherrschaft ergab sich eine Unterwanderung des jahrhundertealten Siedlungsgebietes. Tschechen wurden Beamte, Polizisten, Forstleute, Ingenieure, Techniker, Ärzte, Richter. Sprich: Sie übernahmen alle wichtigen Posten. In 30 Jahren würde es keine deutschen Gebiete mehr geben. Waren es 1918 noch 3 1/4 Millionen Deutsche, so würden es, durch die Tschechisierung noch 2 Millionen Deutsche sein. Im Gegensatz dazu würden es 9 Millionen Tschechen geben. Die Sudetendeutschen litten unter diesen Existenzängsten.

Die Weltwirtschaftskrise Ende der 20 er Jahre tat ihr Übriges. Die Arbeitslosigkeit stieg. Es gab nicht genug zu essen. Sie waren vom Verhungern bedroht. Da wurde es begrüßt, dass ein Befreier kam, um alle zu retten.

1938 kam Hitler als großer Befreier. Sein Motto hieß: "Heim ins Reich". Er besetzte das Gebiet und garantierte nach jahrhundertelangen Streitigkeiten den Bürgern Frieden. Sie gehörten nun zum Großdeutschen Reich. Dies geschah beim Münchner Abkommen.

Die Regierungschefs Großbritanniens, Frankreichs, Italiens und Deutschlands trafen sich und unterzeichneten diesen Vertrag. Das sollte die friedliche Lösung für die Sudetenkrise sein, ohne einen Krieg anzufangen, so hofften sie.

Die Tschechoslowakei sollte nicht dabei sein.

Das Abkommen beinhaltete, die Eingliederung des Sudetenlandes, dessen Bevölkerung überwiegend deutschsprachig war. Es wurde dem staatlichen Anschluss an den übrigen deutschsprachigen Raum zugestimmt. Somit erfolgte die militärische Besetzung des Sudetenlandes.

Das bedeutete das Ende des multinationalen tschechischen Staates, des Vielvölkerstaates. Gleichzeitig wurde das Protektorat Böhmen und Mähren geschaffen.

Der Staatspräsident der Tschechoslowakei Beneš fühlte sich verraten. Er trat zurück und ging ins Exil.

Nach dem Anschluss der Tschechoslowakei an das Großdeutsche Reich profitierte der deutsche Staat an vielen Rohstoffen. Die Besetzer bekamen Vorräte an Waffen, Munition und Devisen. Die Tschechoslowakei besaß die Skoda-Werke, die mit die größten Maschinenbauer und Waffenhersteller Europas waren. Die tschechische Armee war eine der stärksten Europas. Hitler hatte also noch andere Absichten gehegt und gleich zwei Fliegen mit einer Klappe geschlagen.

Nachdem das Sudetenland zu dem Deutschen Reich gehörte, kam nach der Befreiung der Fremdherrschaft der wirtschaftliche Aufschwung, zumindest für kurze Zeit. Es gab kaum mehr Arbeitslose. Doch dann kam der Krieg im September 1939. Die Menschen zogen in den Krieg. Viele zum zweiten Mal. Ab 1941 waren viele Verluste zu beklagen.

Das Sudetenland wurde von Luftangriffen zum größten Teil verschont.

Nach dem Sieg der Sowjets an der Weichsel kamen die ersten Flüchtlingstrecks aus dem Osten.

4. Evakuierung

Ab März 1945 hörten wir Kanonendonner. Menschen und Tiere wurden in den östlichen Gebieten evakuiert. Die Bauern konnten es oft nicht einsehen, diese Notwendigkeit umzusetzen.

Schon einige Zeit vor Kriegsende als die rote Armee begann, den Osten zurückzuerobern, zogen lange Flüchtlingstrecks durch unsere Stadt. Es war eine düstere Stimmung und angsteinflößend, die Elend Trecks mit Frauen und Kindern und alten Menschen zu erleben.

Die Männer waren im Krieg. Manche waren nur mit einem Handwagen unterwegs, und hatten das bei sich, was sie tragen konnten. Sie waren gen Westen unterwegs.

Manche hatten Tiere bei sich oder fuhren mit Planwagen oder Pferdefuhrwerken oder mit überladenen Fahrrädern. Oft kam es vor, dass sie unterwegs noch beraubt wurden und ihnen ihre letzten Habseligkeiten genommen wurden.

Tiere wurden mitgenommen und hunderte Kilometer mitgetrieben in der Hoffnung, Freiheit zu finden. Ein schier endlos erscheinender Fußmarsch, auf dem alle Hunger litten.

Die, die ihr ganzes Leben lang sesshaft waren, mussten nun ihr Haus und ihren Hof verlassen.

Auch Soldaten flüchteten vor den Russen. Sie hatten riesige Angst in russische Gefangenschaft zu gelangen. Sie fuhren mit vollbesetzten Lastwagen, Motorrädern oder waren einfach zu Fuß unterwegs. Hauptsache weg von der Front, die täglich immer näher kam. Niemand wollte den Russen in die Hände fallen.

Es wurde das Nötigste mitgenommen. Es wurde Kleidung eingepackt, Lebensmittel, Futter für die Tiere und Treibstoff. Mir ist es ein Rätsel, wie alle diese Tiere und Menschen genug zu essen bekommen konnten.

Sie übernachteten in den nahegelegenen Wäldern, um sich dort zu verstecken.

In der Nacht vom 8. zum 9. Mai 1945 war es dann soweit. An diesem Tage war das Wetter schlecht. Es gab Regen mit Schnee vermischt. Die Russen belagerten Freiwaldau. Der Bürgermeister Karl Bittmann wurde in russische Gefangenschaft verschleppt. Eigentlich sollte die Stadt noch am 6. Mai evakuiert werden. Es standen aber nicht genug Lastwagen und Züge zur Verfügung. So überließ er der Bevölkerung die Entscheidung.

Die Russen kamen von Reihwiesen aus dem Osten in die Stadt und nicht wie angenommen über Niklasdorf.

Es waren Schüsse zu hören. Frauen und Mädchen, die sich nicht rechtzeitig in Sicherheit brachten, wurden geschändet und missbraucht. Überall wurde geplündert. Die Tschechen entfernten deutsche Straßenschilder. Deutsche Bücher mussten abgeliefert werden.

Fensterscheiben wurden zerstört, geplündert und Brände gelegt.
Und das alles war noch nichts dagegen, was tschechische Partisanen mit uns Deutschen taten, als sie kamen.
Viele Menschen verließen so schnell sie konnten die Stadt. Sie kehrten später, als der Ansturm vorbei war, zurück.
Bevor die Russen einmarschierten, packte auch ich mir ein paar Sachen ein in einen Bollerwagen und lief nach Lindewiese zum Bahnhof. Ich fuhr zu meiner Familie nach Friedeberg. Dort lebte meine Mutter. Ich wollte sehen, wie es ihr geht. Mein Vater kämpfte im Krieg und meine Schwester lebte in Wien, von wo sie allerdings flüchten musste.
Friedeberg war eine ansehnliche Stadt mit 1287 Einwohnern. Davon waren 76 Tschechen.

Unterwegs waren überall deutsche Soldaten, die flüchteten. Sie waren so ängstlich, dass sie wie die Berserker fuhren und ich im Straßengraben landete.

Zuhause angekommen, war ich sehr erstaunt. Auch hier waren die Russen schon da. Sie campierten direkt auf der Wiese gegenüber der Wohnung meiner Mutter. Sie lagen ganz friedlich da, hatten die Schuhe ausgezogen. Wahrscheinlich taten ihnen die Füße weh vom langen Marsch.

Ich schlich mich an ihnen vorbei. Es war ein komisches Gefühl, so nahe am Feind zu sein. Aber sie nahmen keinerlei Notiz von mir. Sie schienen müde zu sein und nicht in der Laune, eine weitere Deutsche als Eroberung und Trophäe auf ihrer Liste zu haben. Glück gehörte in diesem Krieg auch mit dazu.

Meine Mutter begrüßte mich. Sie sah blass aus und mager, wie alle hier. Wir umarmten uns und gingen hinein. Ich war erleichtert und froh sie zu sehen.

Sie lebte in dem Parteihaus der Stadt, in dem auch das Standesamt war.

Meine Mutter war eine ernste Frau, die nur selten lachte, aber sie war resolut und hatte viel Kraft. Sie hatte Schneiderin gelernt.

Das Erste was ich zu ihr sagte, war: „Mama hier kannst du nicht bleiben. Wenn die Tschechen kommen, kannst du nicht hier in diesem Haus sein." Sie musste damals die Wohnung nehmen, da keine andere frei war. Hier lebte sie mit meinem Bruder. Er war 14 Jahre alt und war als Pimpf bei der HJ, das heißt bei der Hitlerjugend. Mit ihnen wollte Hitler noch den Krieg gewinnen. „Ja", antwortete sie", ich habe auch schon daran gedacht. Die einzige Möglichkeit wäre zu Oma nach Jauernig zu ziehen. Dort wohnte noch eine junge Frau. Sie musste erst ausziehen, Ich habe ihr einen Brief geschrieben."

In Jauernig hatte meine Großmutter, die wir ganz liebevoll Grusla nannten, ein Haus. Das hatte mein Großvater erworben, der ein paar Jahre vorher bei einem Unfall tragisch ums Leben gekommen war. Es war damals baufällig, als er es kaufte. Als er das erste Mal in den ersten Stock ging, brach er durch die Decke und landete im Erdgeschoß. Er sanierte es und jetzt war es ein ansehnliches Haus.

Wir bereiteten alles vor, damit meine Mutter so schnell wie möglich umziehen konnte.

„Hast du Nachricht von Papa?", war meine nächste Frage.

Mein Vater war seit einigen Jahren im Krieg. Zuerst in Russland, dann in Frankreich. Auch im ersten Weltkrieg kämpfte er. Mit 17 wurde er bereits eingezogen.

Die Hochzeit meiner Eltern.

Er war ein großgewachsener, stattlicher, kräftiger Mann mit dunklem Haar und Schnauzbart. Er war ein strenger Vater, bei dem wir Kinder gehorchen mussten und nichts zu lachen hatten.

Er wurde verwundet und bekam einen Kopfschuss, woran er sein ganzes Leben litt. Er kam ins Lazarett. Sobald sie ihn einigermaßen zusammengeflickt hatten und er wieder auf den Beinen stehen konnte, schickten sie ihn wieder in den Krieg. Diesmal aber nach Frankreich. Seitdem hörten wir nichts mehr von ihm. Das war schon ein paar Monate her.

„Nein", sagte meine Mutter, "Ich habe nichts Neues erfahren. Wir wissen noch nicht einmal, ob er noch lebt." „Dann hätten wir sicher schon Bescheid bekommen. Mama, gib die Hoffnung nicht auf. Papa ist stark, den haut so schnell nichts um." Ich versuchte ihr ein wenig Mut und Hoffnung zu machen. Viel bewirkte es nicht. Für mich ist es ein Rätsel, wie man 2 Weltkriege überstehen konnte.

Meine Mutter zündete jeden Abend für meinen Vater eine Kerze an, damit er wieder nach Hause fand.

Ich blieb ein paar Wochen bei ihr. Im Wohnraum stand die Nähmaschine meiner Mutter. Sie benutzte sie regelmäßig und verdiente sich damit etwas Geld. Ich habe ein paar Stoffe mitgebracht, die ich von einer Kundin als Lohn für eine Dauerwelle bekam. Hier hatte ich Zeit, mir daraus ein Kleid zu nähen. Oft saßen meine Mutter und ich zusammen. Sie zeigte mir ein paar Kniffe, um bessere Resultate zu erzielen. Auch wurden keine Reste weggeworfen. Alles wurde verwertet, gestopft oder irgendwie wiederverwendet. Es gab ja nichts zu kaufen. Meine Mutter war sehr kreativ darin und sie überraschte mich immer wieder, welche neuen Ideen sie hatte.

„Dieser verdammte Krieg. Er bringt uns nur Leid. Was soll aus uns werden? Überall Flüchtlinge ", schimpfte sie. „Mama, sorg dich nicht. Wir schaffen das." Ich nahm ganz vorsichtig ihre Hand. „Von überall her hört man Schreckensnachrichten von Vertreibungen, Schändungen. Sie stecken uns Deutsche in Lager und morden. Wo soll das denn hinführen?"

„Mama, wenn sie euch holen, gib mir auf jeden Fall Bescheid. Ich lasse euch nicht alleine ins Lager gehen. Ich gehe mit euch. Versprich mir das", redete ich auf sie ein.

Sie nickte. „Und wenn du etwas von Papa hörst, schick mir sofort eine Nachricht. „Wie gut, dass

Horst noch bei mir ist." „Ja er passt auf dich auf, bis Papa wieder da ist."

Das Haus meiner Großeltern in Jauernig mit Grusla

Draußen hörten wir die Russen jubeln, wenn sie erfolgreich plünderten. Nach einigen Tagen hatten sie sich beruhigt. Ich blieb noch ein paar Wochen, dann beschloss ich, nach Freiwaldau zurückzukehren.

5. Dunkle Vorzeichen

Wieder in Freiwaldau, in meinem Zimmer, wachte ich an jenem Morgen mit einem flauen Gefühl in der Magengegend auf. Ich konnte ihm keine Bedeutung beimessen. Vielleicht war es schon eine Vorahnung auf die kommenden Ereignisse.

Ich stand mit dieser Schwere in den Gliedern auf. Als ich aus dem Fenster sah, rangen zwei Krähen mit einer dritten und machten ein Riesenspektakel, bis sie die andere vertrieben hatten, sich siegesbewusst aufplusterten und hin und her hüpften. Dunkle Wolken hingen am Himmel, es war eine bedrückende Stimmung, die nichts Gutes verhieß.

Eine bedrohliche Stille breitete sich aus. Da ich verschlafen hatte, maß ich dem keine weitere Bedeutung zu, wusch mich und zog mich schleunigst an, um nicht zu spät zu kommen. Ich griff zu meiner geblümtem Bluse und meinem dunkelblauen Rock. Da drin fühlte ich mich am wohlsten.

Ich sputete mich und sprang die Treppe hinunter in die Küche. Wie immer war Tante Hedl die Erste und hatte bereits Feuer gemacht und Kaffee für die Gäste gekocht.

Die Küche war groß, halt wie in einem Lokal. In der Mitte stand ein großer Tisch mit Stühlen, an dem die Bediensteten aßen. An der Wand war ein großer Kachelofen mit einer Ofenbank zum Aufwärmen. Es gab einen Ofen mit kleinen Fenstern darin, wo durch man die Glut sehen konnte.

„Du bist spät dran", sprach sie mich von der Seite an. „Ja, ich weiß", nickte ich.   Ich nahm mir eine Tasse Kaffee und aß schnell ein Brot mit Margarine und Marmelade, die es auf Lebensmittelkarten gab.

Pia, das Dienstmädchen, stammte aus Polen. Sie hatte pechschwarze Haare und ihre großen, braunen Augen schauten einen immer so schuldbewusst an. Ich hatte nie so richtigen Kontakt mit ihr. Sie schlich hinter uns entlang.

Meine Tante erschrak sich. „Schleich doch nicht immer so durch die Gegend. Da bekommt man ja einen Totenschrecken. Wenn ich nicht wüsste, dass du es bist, könnte ich meinen, die Russen sind es".

„Die schleichen sich nicht an", antwortete ich. „Außerdem hörst du schon 40 Kilometer vorher ihre Kanonenschüsse. Und wenn sie da sind, spürst du ihren Gewehrlauf im Nacken. Die haben es nicht nötig zu schleichen."

Hedl verdrehte die Augen und winkte ab. Pia schaute meine Tante mit einem stechenden Blick an, bei dem man nie wusste, was er zu bedeuten hatte. Sie nahm das Tablett mit dem Kaffee und ging in den Saal, um die Gäste zu bedienen.

Gestern kamen wieder Flüchtlinge an. Hedl hatte vier Personen aufgenommen. Sie saßen mit am Tisch und aßen etwas.

„Weißt du wo Franzl´s Ausgehuniform ist? Ich suche sie überall. Sie ist einfach nicht aufzufinden!" Franzl war ihr Sohn. Er wurde im Krieg verwundet und ist gefallen.

Ich schüttelte mit dem Kopf und konnte nicht sprechen, da ich am letzten Bissen kaute.

„Ich habe die Binde vergessen." Schnell sprintete ich die Treppe hoch in mein Zimmer. Alle Deutschen ab 10 Jahren mussten eine Armbinde tragen, das wurde am 7. Juli 1945 vom tschechischen Staat angeordnet. Darauf stand ein großes „N" für Němec. Das war tschechisch und bedeutete "Deutscher".

Schnell zog ich mir eine Jacke an und zog die Armbinde darüber.

Jetzt musste ich aber los. Gottseidank hatte ich nicht weit zu laufen bis zum Geschäft. Nach ein paar Minuten war ich da. Ich ging an der Sparkasse vorbei und am Porzellangeschäft, dann nur noch um die Ecke.

Es gab kaum Autos auf den Straßen, die aus Kopfsteinpflaster bestanden. Ab und zu war ein Pferdefuhrwerk unterwegs. Ein paar Soldaten kamen mir entgegen, die vor den Russen flüchteten.

Um 8 Uhr musste ich im Laden sein, da ich Gesellin war. Lehrlinge mussten bereits um 7 Uhr da sein, um den Laden zu fegen und den Kessel anzuheizen. Die Turmuhr schlug bereits 8 Uhr.

An diesem Tag war irgendetwas anders. Ich verlangsamte meinen Schritt, da ich vor dem Geschäft einen schwarzen Lastwagen stehen sah. Tumult nahm ich wahr rund um den Lastwagen. Zwei schwarz angezogene Männer saßen im Führerhaus.

Irgendeine Stimme in meinem Bauch sagte zu mir: „ Bleib stehen! Kehr um! Lauf weg!" Meine Kehle zog sich zusammen. Aber mein Verstand, die Stimme in meinem Kopf war stärker und die sagte zu mir „Geh weiter! Spute dich! Geh ins Geschäft, du bist sowieso schon zu spät."

Meine Stimme im Kopf war stärker und gewann die Diskussion. Also ging ich weiter, aber erreichte das Geschäft nicht mehr.

Direkt vor dem Geschäft erblickten mich zwei weitere Männer. Jetzt erkannte ich sie, sie waren von der tschechischen Gendarmerie. Sie hatten Gewehre über der Schulter. Ein Dritter tauchte hinter dem Lastwagen auf mit einem Gewehr im Anschlag und richtete es auf die Anwesenden.

Jetzt begriff ich die Lage. Ich sah zum Lastwagen hinauf. Ich hörte Schreie, Schreie von Frauen. Sie standen auf dem Lastwagen nebeneinander, zusammengepfercht mit angstverzerrten Gesichtern, fragend, was hier passierte.

Mich schrien die Tschechen auf Tschechisch an. Ein paar Worte konnte ich noch aus der Schule. Ich hörte immer nur „Němka, Němka." Das war die weibliche Form von Němec.

Mehr verstand ich nicht. Nur ihre Gesten waren gut zu verstehen.

Es ging alles sehr schnell. Ich war wie versteinert. Als ich mich wieder fing, war es zu spät zum Weglaufen. Mein Herz rutschte in die Hose und meine Seele löste sich für einige Augenblicke von meinem Körper.

Sie rannten zu mir und griffen mir unter die Arme. Sie schubsten mich und schrien mich an.

Ich stolperte. Sie drängten mich weiter Richtung Lastwagen, bis ich kapierte, dass sie mich wollten und mich auf den Lastwagen bringen wollten. Sie hoben mich hoch.

Der Dritte stand derweilen auch auf dem Lastwagen.

Meine Bluse blieb irgendwo hängen und riss ein. Ein Knopf flog durch die Luft auf die Straße. Meine Knie waren blutig vom Fallen. Die Frauen wimmerten, manche beteten. Es waren alles Deutsche.

Die beiden auf der Straße hielten Ausschau nach neuen Opfern. Der Lastwagen war immer noch nicht voll. Und das war mein Glück. Ich sah, wie unser tschechischer Geselle, Herr Maier, mit aufgerissenen Augen durchs Fenster schaute. Hilflos und flehend schaute ich ihn an. Er rannte wie von der Tarantel gestochen nach draußen, ließ Kamm und Schere fallen und rannte zu den beiden Gendarmen. Es entstand ein tschechisches Kauderwelsch, was wohl nur die Drei verstanden. Maier fuchtelte wild mit den Armen und zeigte immerzu auf mich. Die beiden wurden wütend und spuckten auf die Straße, doch Maier setzte sich durch. Sie winkten dem Dritten auf dem Lastwagen. Mit finsterer Miene nickte er ihnen zu. Er packte mich am Oberarm und zerrte mich nach unten auf die Straße. Ich fiel hin.

Maier half mir auf und schimpfte mit den beiden. Er führte mich in das Geschäft zu einem Stuhl, auf den ich mich setzte. Ich sah nur im Augenwinkel wie sich der Lastwagen in Bewegung setzte und fortfuhr. Er hinterließ eine dunkle, stinkige Abgaswolke. Nun war es still. Ich begriff immer noch nicht, was passiert war.

„Was wollten die?", fragte ich. „Die suchen Frauen für das Arbeitslager. Sie hatten wohl noch nicht genug. Ich habe Ihnen erklärt, dass ich Sie hier als Arbeitskraft brauche."

So langsam kam ich wieder zu mir und schaute mich im Laden um. Wieso sagte Maier, dass er mich als Arbeitskraft brauchte?

Ich hörte ein leises Wimmern? Wo war Herr Ederer, der Chef des Friseurladens? Seine Frau saß im Herrensalon auf einem Stuhl und verbarg das Gesicht in den Händen.

6. Verstecken

„Was ist hier los?", fragte ich umherschauend mit ängstlichen Augen und Kloß im Hals.

„Sie haben meinen Mann mitgenommen." Frau Ederer war außer sich, fast hysterisch. Ihre Tochter stand neben ihr und versuchte sie irgendwie zu beruhigen. Aber sie wollte sich nicht beruhigen lassen.

„Sie haben ihm 10 Minuten Zeit gegeben um das Nötigste mitzunehmen, etwas zum Anziehen und zum Essen." Die Friseusen, Friseure, und Lehrmädchen standen fassungslos daneben. Sie waren bestürzt und geschockt. Dass ich gerade noch davon gekommen bin, wurde mir immer mehr bewusst und das hatte ich Herrn Maier zu verdanken, unserem tschechischen Gesellen. Viele Tschechen waren nicht damit einverstanden, was in diesen Tagen passierte und auf welche unmenschliche Weise mit uns Deutschen umgegangen wurde. Wurde nicht schon genug Blut vergossen? Die Rache war groß.

„Sie haben alles verwüstet. Unsere Wohnung ist ein einziger Scherbenhaufen. Sie haben alles durchsucht und alle Wertsachen mitgenommen. Seine samtene Mappe mit seinen Friseurauszeichnungen haben sie ausgekippt und mitgenommen. Meinen Schmuck haben sie eingepackt. Als sie meinen Mann und mich mit dem Gewehr bedrohten, habe ich ihnen das Bargeld gegeben, das wir im Kamin versteckt hatten. Und dann haben Sie uns das Geschäft weggenommen. Wir wurden einfach enteignet. Dürfen die so etwas? Das ist doch nicht rechtens." Sie schluchzte. Es war herzzerreißend. Eine sonst so starke Frau so zerbrochen am Boden zu erleben.

Ich erfuhr schlimme Dinge. Alles lief in mir wie in einem bösen Traum ab. Wann wachte ich auf? Aber es gab kein Aufwachen. Das, was passierte, war Realität. Menschen, mit denen man sonst friedlich in einer Stadt zusammenlebte, gebärdeten sich wie Bestien. Menschen, die man noch nie gesehen hatte, drangen gewaltsam in die Wohnung ein und forderten allen Besitz. Das Chaos begann.

Die tschechischen Gendarmen hatten meinem Chef das Geschäft weggenommen, ihn enteignet und einem Tschechen als Geschäftsführer den Laden übergeben.

Dieser Mensch, Herr Maier, wurde als neuer Chef eingesetzt. Er wusste nicht, wie ihm geschah. Eben noch Angestellter und nun eine Führungsperson. Er wusste nicht, wie man ein Geschäft mit Angestellten und Buchführung führte. Das war in diesem Chaos alles nebensächlich.

Das war der Grund, warum Herr Maier zu den Gendarmen sagte, dass er mich als Friseuse brauchte. Mir wurde einiges klarer. Deshalb hörten sie auf ihn und gaben mich frei. Ich habe ihm meine Freiheit zu verdanken, weil meinem Chef das Geschäft weggenommen wurde und ihm übergeben wurde. Das ist paradox.

Herr Maier kam zu mir und berührte mich an der Schulter. „Fräulein Winkler, Sie können hier nicht bleiben. Der Transport für das Lager ist noch nicht voll. Die werden zurückkommen und erst abfahren, wenn er komplett ist. Begeben Sie sich irgendwohin, wo Sie keiner findet. Die suchen junge, kräftige Frauen zum Arbeiten, die sie einsperren können. Tauchen Sie für eine Weile unter." Ich glaube alleine für diese Aussage hätten Sie ihn ebenfalls eingesperrt. Es herrschte der Ausnahmezustand.

„Wenn du nicht da bist, nehmen die mich mit. Ich komme auch mit. Wir verstecken uns zusammen", rief mir Liesel, das Lehrmädchen, zu. „Ich kenne eine alte Frau. Sie wohnt allein in einem Haus, tief im Wald. Da können wir hin. Da findet uns bestimmt niemand", sagte sie ganz hektisch und aufgeregt.

„Ja, das ist eine gute Idee, dann bin ich nicht allein. Ich wüsste sonst nicht, wo ich hin sollte, außer zu meiner Mutter nach Jauernig, da suchen sie bestimmt nach mir."

Es musste alles sehr schnell gehen. Ich konnte auch nicht mehr ins Hotel meiner Tante Bescheid sagen. Das wollte die Tochter von Frau Ederer für mich erledigen.

Liesel und ich beeilten uns und rannten schnell zu ihr nach Hause. Liesel war noch jünger als ich, sie war erst 15. Sie war klein und sehr schlank, was eigentlich normal war, da wir alle nicht viel zu essen hatten. Ihre strahlend blauen Augen schauten einen direkt an. Sie war sehr flink wie ein Wiesel mit der Arbeit und sehr geschickt. Ich verstand mich gut mit ihr. Wir lachten viel, wenn wir zusammen waren und ich fühlte mich gut bei dem Gedanken, mich mit ihr zu verstecken.

Zuhause trafen wir ihre Schwester Emma. Sie war etwas älter als ich. Sie hatte einen Tschechen als Freund, der am Küchentisch saß. Sie wollte mit uns kommen. Ihr Freund versprach uns, Essen zu bringen und uns zu benachrichtigen, wenn alles vorüber war. Sie packten schnell ein paar Sachen zusammen und gaben mir etwas zum Überziehen. Einige Essensvorräte nahmen wir mit. Dann rannten wir los.

Wir gingen Richtung Wald. Es war kühl und regnete etwas. Das alles machte uns nichts aus und wir spürten es auch nicht. Wir rannten um unser Leben. Die Angst im Nacken.

Da Sommer war, erblühte die Natur in den schönsten Farben und das Gras war saftig grün. Doch wir konnten uns an dieser Schönheit nicht erfreuen. Getrieben von einer anderen Macht, von etwas das hinter uns her war, von dem wir nicht wussten was es von uns wollte, rannten wir. Wir sprangen über Wurzeln, kreuz und quer und schauten immer wieder zurück, ob uns jemand folgte. Bei jedem Geräusch und Knacken im Unterholz zuckten wir zusammen. Aber da war niemand. Unser immer gleicher Alltag, an den wir gewöhnt waren, der uns vertraut war, wurde durcheinander gewirbelt.

Wir redeten kaum ein Wort zusammen, als wir unterwegs waren. Durch Gestrüpp, fern von jedem Weg oder Zivilisation, führte Liesel uns. Manchmal erblickten wir ein Reh, das unseren Weg kreuzte oder einen Hasen, der ängstlich vor uns davon hoppelte. Die Tiere hatten wahrscheinlich genauso viel Angst wie wir. Oder sie spürten die Gefahr, die in der Luft lag und die über uns schwebte wie ein Damoklesschwert.

Ich war zwar schon oft in diesen Wäldern unterwegs auf Wanderungen zu entfernten Orten, aber dieses Waldstück kannte ich nicht. So kamen wir nach einigen Stunden des Umherirrens an einem Haus an, das tief im Wald lag und mich eher an das Haus von Rotkäppchens Großmutter erinnerte, nur hatten wir keinen Wein und Kuchen dabei. Das mit dem Wolf, der hinter uns her war, hätte ebenso gepasst.

Außer Atem kamen wir bei diesem Haus an. Da wir gute Sportlerinnen waren, konnten wir den Weg ohne Pause durchlaufen. Wahrscheinlich hätte es einen direkteren Weg gegeben, aber durch diese Angst im Nacken hatte Liesel einige Wegabzweigungen übersehen. Und wenn wirklich jemand hinter uns her gewesen wäre, hätten wir ihn besser abschütteln können.

Wir klopften an. Eine alte hagere Frau öffnete die Tür. Eine kleine schwarze Katze lief uns gleich an den Beinen entlang und begrüßte uns. Die Frau hatte ziemlich viele Furchen im Gesicht und wirkte, als ob sie viel mitgemacht hätte. Einzuschätzen wie alt sie wirklich war, war unmöglich. Vielleicht lebte sie ewig hier in der Einöde. Aber für uns war es genau das Richtige, um für eine unbestimmte Zeit unterzutauchen.

7. Schlechte Neuigkeiten

Das Haus stand an einer Lichtung von ein paar Apfelbäumen und Birnbäumen umgeben. Es gab zwei Zimmer, ein Schlafzimmer und eine Küche. Im Schlafzimmer, in dem wir schlafen sollten, standen zwei Betten. Die alte Frau schlief in der Küche auf einem Sofa.

Sie empfing uns herzlich und war keineswegs überrascht, dass wir plötzlich und unerwartet in ihr Haus eindrangen.

Es war sehr spartanisch eingerichtet. Es gab weder Strom noch fließendes Wasser. In der Küche gab es einen Herd, der mit Holz beheizt wurde. Die alte Frau hatte alles, was sie brauchte.

Draußen gab es einen Stall. Dort war eine Ziege untergebracht, die Milch gab und einige Hühner, die Eier legten. Neben dem Stall war ein kleiner Garten angelegt, in dem sie Gemüse und Kartoffeln anbaute. Die Katze hatte sie wohl wegen der vielen Mäuse. Die gab es in Massen. Vor allen Dingen huschten sie nachts durch unser Zimmer. Wir erschraken jedes Mal dabei.

Das Haus hatte keinen richtigen Fußboden. Der bestand nur aus Erde.

Hinter dem Haus floss ein Bach entlang, dort holten wir frisches Wasser, womit wir uns waschen konnten. Eine Toilette, das heißt ein Plumpsklo, gab es ebenfalls draußen neben dem Stall.

In der Küche hingen überall Kräuter zum Trocknen, die sie gesammelt hatte. Daraus braute sie sich Tee, Tinkturen und stellte Salbe zum Heilen her. Wir verbrachten unsere Zeit damit, ihr beim Kräutersammeln zu helfen. Es gab oft Kräutersuppe zum Essen. Ein Genuss war die Brennnesselsuppe und der Brennnesselspinat. Wir aßen alles, weil wir halb verhungert waren. Wir halfen, wo wir konnten. Beim Holzhacken machten wir uns ebenso nützlich.

Sie redete nicht viel, wenn sie etwas sagte, dann sprach sie Dialekt. Die schlesische Mundart, die hier Sitte war. Abends sangen wir Lieder in schlesischer Mundart oder spielten Karten.

Die alte Frau war viel am Stricken. Ein Spinnrad stand in der Ecke. Abends war sie die Wolle am Spinnen. Sie strickte für andere Leute. Dafür erhielt sie ein paar Kronen, das war die tschechische Währung und konnte etwas für sich kaufen.

Alle zwei Tage kam Emma´s tschechischer Freund Wazlawik. Er sprach gut deutsch. Er war ein hochgewachsener, kräftiger Bursche mit braunen Augen. Da die Tschechen mehr für ihre Lebensmittelkarten bekamen, konnte er uns immer etwas mitbringen. Das stillte unseren ständigen Hunger für eine Weile. Die alte Frau hatte auf ihrem Schrank getrocknete Birnen gelagert, die wir vor Hunger fast alle aufaßen.

Wir wurden zwar ruhiger und ausgeglichener, aber das komische Angstgefühl in unseren Bäuchen verschwand nie. Was erwartete uns? Wann konnten wir wieder nach Hause? Wie ging es unserer Familie? Diese Fragen gingen uns ständig durch den Kopf, auch die Ablenkung durch die Arbeit half dabei nichts.

Es klopfte an der Tür. Hier war es so Sitte, dass die Türen nicht verschlossen waren. Daher riefen wir herein. Watzlawik trat hinein. Wir freuten uns riesig, wenn er kam, vor allen Dingen Emma fiel ihm regelrecht um den Hals und küsste ihn und ließ ihn nicht mehr los. Er war unser einziger Kontakt in die zivilisierte Welt oder sagen wir so, das, was noch von ihr übrig war.

Er musste zumindest einmal hier gewesen sein, da er den Weg kannte.

Unsere erste Frage galt dem Transport. „Nein, der Transport ist noch nicht komplett. Ihr müsst noch etwas warten und hier bleiben, ich komme euch besuchen, so oft ich kann." Das war stets dieselbe Antwort.

„Es gibt Neuigkeiten, aber die sehen nicht gut aus. Ich habe eine Zeitung mitgebracht. Das muss ich euch vorlesen."

Es war ein trauriges Gefühl sich zu verstecken, und gleichzeitig zu wissen, dass an unserer Stelle andere junge Frauen verschleppt wurden, die nichtsahnend waren und die wir vielleicht sogar kannten. Aber wir konnten niemanden warnen. Sie taten mir so leid.

In der tschechischen Zeitung stand:

„Beneš hielt am 3.6. eine Rede in Tabor, in der er sagte: "Was wir im Jahre 1918 vorhatten, wird heute durchgeführt. Damals wollten wir alle Deutschen abschieben... Kein Deutscher darf auch nur einen Quadratmeter Boden unter seinen Füßen haben, kein deutscher Gewerbetreibender und Geschäftsmann sein Geschäft weiterführen. Wir wollten dies alles auf eine feinere Art durchführen, das Jahr 1938 kam uns jedoch dazwischen." [1]

Wir schauten uns betroffen und sprachlos an. Dass es so offensichtlich geschrieben stand, war uns nicht bewusst. Welche schwerwiegenden Bedeutungen diese Aussage haben sollte, wurde uns erst später klar.

„Was hat das für uns zu bedeuten?" fragte ich. „Das kann ich nicht genau sagen, ich kann euch nur mitteilen, was hier steht und das hört sich nicht gut an."

8. Endlich zurück

Wir wurden zu Frühaufstehern. Wenn der Hahn krähte, standen wir auf. Und das war im Sommer schon recht früh. Abends ging es dafür früh ins Bett, da wir wenig Petroleum oder Kerzen hatten.

Es war morgens schon sehr frisch, da sich der Sommer dem Ende entgegen neigte. Alle paar Wochen ging die alte Frau mit ihrem Gut zu einem Bauern in die Stadt, um ihre Werke zu verkaufen. Sie brachte stets neue Schafwolle mit, die dann versponnen wurde. Ich zeigte mich darin sehr geschickt, da ich früher mal Handarbeitslehrerin werden wollte. Es machte mir viel Spaß. Leider hatten meine Eltern das Geld für die Ausbildung nicht. So lernte ich meinen zweiten Lieblingsberuf: Friseuse.

Da wir halfen, dauerte es nicht so lange, dem Bauern die fertigen Resultate zu liefern. Manchmal brachte sie ein Brot mit oder Butter oder auch mal ein Stück Fleisch, worüber wir uns sehr freuten. Schließlich sollten vier Mäuler gestopft werden.

Ein paar Kronen, die tschechische Währung, hatten wir auch eingesteckt, als wir zum Geschäft gingen. Jetzt waren wir froh, dieses bisschen Geld zu haben, das wir zusammenlegten und uns Essen dafür mitbringen ließen. Bald war auch das aufgebraucht.

Einmal fanden wir einen verletzten Hasen im Wald. Die alte Frau bereitete ihn sofort zu. Fachmännisch nahm sie ihn aus. Wir wurden endlich mal wieder alle satt.

Die alte Frau zeigte uns Stellen zum Heidelbeeren und Walderdbeeren pflücken. Die Beeren waren ein riesen Genuss für uns.

Manchmal erinnerte uns nur das Maschinenbrummen eines Flugzeugs daran, das über uns hinweg flog, dass da noch etwas war, worauf wir warteten, nämlich nach Hause zurückzukehren. Es holte uns von dem Traum in die Realität zurück.

In anderen Nächten lag eine von uns im Bett mit bösen Träumen. Und wir trösteten sie, hielten uns gegenseitig im Arm, bis es dämmerte.

Watzlawick spielte Postbote für uns. Wenn er kam, brachte er stets Briefe von Liesels Mutter mit. Wir schrieben ihr und berichteten, wie es uns erging.

Wir saßen zusammen und lasen uns den Brief vor. Emma las uns die Briefe als Erste vor. Liesel zog sich in eine dunkle Ecke zurück, wo niemand sie sehen konnte. Aber wir merkten trotzdem, wie sie leise schluchzte und sich die Tränen abwischte.

Liebste Liesel! Liebste Emma!

Wie geht es euch? Ich vermisse euch sehr. Watzlawick ist immer so nett zu mir und tröstet mich, wenn ich traurig bin. Ich bin so froh, dass ich euch schreiben kann und wir voneinander hören können. Ich freue mich, dass Watzlawik euch die Briefe mitnimmt.

Von Papa habe ich noch nichts gehört. Er ist immer noch in russischer Gefangenschaft. Ich bete jeden Abend zu Gott und Mutter Maria, dass er heil und gesund nach Hause kommt. In die kleine Kapelle gehe ich zu jeder Gelegenheit und bitte auch dort für seine Heimkunft.

In unserer Heimat ist vieles anders geworden. Ihr würdet sie kaum wiedererkennen, obwohl ihr noch nicht so lange weg seid. Bleibt dort, solange es von Nöten ist. Jeden Tag erzählen die Menschen von neuen Gräueltaten, die an uns Sudetendeutschen verübt werden. Einmal habe ich Frau Ederer getroffen. Sie besucht jeden Sonntag ihren Mann im Arbeitslager. Sie bringt ihm Brot mit und klagte, dass er so abgemagert ist. Er wurde bei einem Scherenschleifer untergebracht, bei dem er arbeiten muss. Stellt euch das einmal vor. Liesel´s Chef, der sonst ein Geschäft führte, muss jetzt bei einem Scherenschleifer arbeiten. Abends kommt er zurück ins Lager.

Wir Frauen und Alten halten hier die Stellung. Ach, ihr Lieben. Es ist Frieden und dieser Krieg ist endlich zu Ende, aber immer noch geht die Angst um. Was soll noch aus uns werden?

Herr Maier hat das Friseurgeschäft ganz übernommen. Ich traf ihn einige Male. Er fragt auch, wie es euch geht. Ich konnte nur antworten, dass es euch gut geht, da wo ihr seid. Der Transport ist ja auch noch nicht weg. Die Frauen von dem Lastwagen haben sie erstmal in ein Sammellager gebracht.

Ich wünsche mir, dass ihr und Papa bald wieder da seid.

Ich liebe euch

eure
Mutter

PS. Schöne Grüße auch an Traudl

Heute war Waschtag. Da wir in der Eile keine
Kleidung mitbringen konnten, mussten wir sehen,
dass wir sie so lange wie möglich tragen konnten.
Wir holten Wasser mit dem Kessel aus dem Bach,
stellten ihn auf den Herd und zündeten das Holz
an, um den Ofen anzufeuern. Wir konnten die
Wäsche auskochen und brauchten
weniger Kernseife. Liesel war immer für das
Holzhacken zuständig. Sie war die Kräftigste von
uns allen.
Manchmal wuschen wir unsere Sachen aber auch
direkt im Bach aus. Das war immer ganz lustig,
da wir uns dabei gegenseitig nass spritzten.
Trotzdem war unsere jugendliche Leichtigkeit
von den Auswirkungen des Krieges getrübt.
Die Nächte wurden kühler und die Tage kürzer,
als Watzlawick endlich am Horizont auftauchte
und uns die frohe Botschaft überbrachte. Freude-
strahlend und die Hände in der Luft wedelnd kam
er auf uns zu und teilte uns mit, dass die Luft rein
war und wir endlich nach Hause zurückkehren
konnten.

Mittlerweile hatten wir unsere Notunterkunft richtig lieb gewonnen. Wir lernten sogar das Dach zu flicken, damit der Regen nicht durchkam. Und wir wurden abgehärtet, da wir uns meistens mit kaltem Wasser abwuschen.

Aber endlich ging es nach Hause. Wir packten unsere Sachen zusammen. Es war ja nicht viel.

Wir bedankten uns bei der alten Frau für ihre Gastfreundschaft und dass wir bei ihr wohnen durften. Sie war ja kein Freund von vielen Worten, so nickte sie uns zu. Wir drückten die alte Frau zum Abschied. Und uns liefen doch tatsächlich ein paar Tränen die Wangen hinunter. Wir verabschiedeten uns von der Katze. Liesel drückte sie ganz lange an ihre Wange. Dann machten wir uns auf den Heimweg.

Mittlerweile hatten die Deutschen die tschechische Staatsangehörigkeit verloren und die Abschiebung der Deutschen wurde gesetzlich festgelegt. Am 2. August hatte Beneš das Dekret erlassen. Somit hatte die irreguläre Vertreibung ein Ende. Alles ging ganz offiziell vonstatten. Jetzt galten wir als staatenlos. Nein, wir waren immer noch Deutsche.

Das beschäftigte uns nur am Rande, da wir uns freuten zurückzukönnen. Der Rückweg dauerte auch nicht so lange, wie der Hinweg. Es dämmerte bereits, als wir zu Hause in Freiwaldau ankamen.

Zuerst gingen wir in das Hotel von meiner Tante. Doch da erwartete uns eine böse Überraschung. Als wir hineingingen, Liesel begleitete mich, fiel mir auf, dass es nur tschechische Gäste im Wirtshaus gab. Es war kein Deutsch zu hören. Ich sah Hedl in der Küche und lief freudig auf sie zu. Sie war gerade am Essen zubereiten. Sie wirkte nicht erfreut, als sie mich sah, sondern eher etwas gequält. „Traudl", sagte sie, „schön dich zu sehen." Sie war nervös und schaute immerzu hin und her, als ob sie Angst hatte, beobachtet zu werden. „Traudl, du kannst hier nicht bleiben, du kannst nicht mehr in dein altes Zimmer. Du musst dir eine andere Unterkunft suchen", sagte sie.

Mir fror das Blut in den Adern. Mir wurde heiß und kalt zugleich. Ich wurde kreidebleich. Mit so etwas hatte ich am allerwenigsten gerechnet. „Was ist passiert?" fragte ich. „Deine Sachen habe ich in deinen Koffer gelegt. Ich gebe ihn dir." Als sie zurückkam, erzählte sie leise. „Kannst du dich an das Dienstmädchen Pia erinnern? Ich habe sie erwischt, als sie die Dienstuniform von Franzl gestohlen hatte. Ich habe sie daraufhin entlassen. Vor ein paar Tagen stand sie mit zwei bewaffneten Gendarmen vor der Tür. Sie bedrohten mich. Sie ging mit ihnen in den Keller. Ich hatte dort einen Raum mit Nahrung eingerichtet, dem besten Wein für meine Gäste und Schinken für die Zeit, wenn das hier alles vorbei ist. Ich habe davor eine Wand Mauern lassen. Pia musste das mitbekommen haben. Sie zeigte den Gendarmen den Raum. Sie schlugen die Mauer ein und fanden mein Versteck. Sie beschimpften mich und nahmen mir das Hotel weg. Ich konnte mich entscheiden, ob ich mit 30 kg Gepäck gehen wollte oder ob ich als Köchin bleiben wollte. Ich entschied mich zu bleiben und in meinem eigenen Hotel als Angestellte zu arbeiten." Als sie das erzählte, stiegen ihr Tränen in die Augen. Liesel blieb auch erstarrt und mit offenen Mund stehen. Es dauerte eine Weile, bis sie wieder zu sich kam.

Ich nahm den Koffer und verabschiedete mich von ihr. Mir saß der Schock immer noch in den Gliedern.

„Du kannst natürlich heute Nacht mit zu uns kommen", sagte Liesel zu mir. „Ja danke, das werde ich annehmen, da ich nicht weiß, wo ich hin könnte", antwortete ich ihr.

Wir verließen das Hotel. Emma und Watzlawick warteten draußen. Sie schauten genauso erstaunt aus, als sie mich sahen. Watzlawick fiel die Zigarette, die er sich gerade angezündet hatte, fast aus dem Mund. Er verbrannte sich die Finger und fluchte. „Sie haben Traudl´s Tante das Hotel weggenommen. Traudl kommt heute Nacht mit zu uns", sagte sie.

Wir beeilten uns zu Liesel´s Elternwohnung zu kommen. Deutsche durften abends nicht mehr auf die Straße gehen. Und es war mittlerweile schon dunkel geworden.

Ihre Mutter öffnete uns die Tür. Watzlawick hatte ihr bereits Bescheid gegeben, dass er uns heute holen wollte.

„Oh, meine Mädchen, oh, meine Mädchen", rief sie unentwegt und wischte sich die Freudentränen ab. Dabei mussten sie aufpassen, dass sie durch die Freude nicht zerdrückt wurden.

9. Die neue Stelle

Am nächsten Morgen standen wir wie gewohnt früh auf. Zunächst brauchten wir eine geraume Zeit, um uns zu frisieren. Im Wald hatte unsere Frisur durch das raue Leben sehr gelitten. Und schließlich wollten wir in einem Friseurgeschäft arbeiten. Wir retteten, was es zu retten gab und beschlossen, uns eine neue Dauerwelle zu machen. Aber hierzu mussten wir uns erstmal die Zutaten besorgen. Ansonsten gab es an dem Tag viel zu tun. Ich musste mir eine neue Unterkunft besorgen und die Lebensmittelkarten wollten wir uns in der Pause abholen. Immerhin waren wir jetzt wieder ganz offiziell in Freiwaldau. Wir genossen unser Frühstück, das aus Brot und Marmelade bestand.

Liesels Mutter sorgte gut für uns und berichtete von den Änderungen in unserer Heimat. Und es hatte sich wirklich viel verändert. Sie erzählte, dass es mittlerweile für Deutsche verboten war, in Gaststätten essen zu gehen. Oben auf dem Berg gab es noch einen Österreicher, der Essen an Deutsche ausgeben durfte. Aber die vielen deutschen Gäste waren der neuen Regierung wohl zu viel. Kurzerhand haben sie ihm etwas untergejubelt, um einen Grund zu haben, seine Gaststätte schließen zu können. Das taten sie auch. Wir Deutschen wurden behandelt wie Menschen zweiter Klasse.

Noch vor der Arbeit holten wir unsere Lebensmittelkarten ab. Die Menschen, die dort warteten, bildeten eine lange Schlange vor dem Amt. Zwei Stunden warteten wir, bis wir an der Reihe waren. Es gab im Krieg Lebensmittelkarten, nur jetzt gab es noch weniger dafür. Es gab Brot, etwas Butter, Mehl, Zucker, Kartoffeln und Marmelade.

Liesel und ich gingen zum Geschäft. Doch da wartete die nächste Überraschung auf uns, eher gesagt auf mich. Wir öffneten die Tür und gingen hinein. Magda, die andere Friseuse, entdeckte mich als Erste. Sie freute sich, kam auf mich zu und umarmte mich. Sie war etwas älter als ich und hatte ein Jahr vor mir mit der Lehre begonnen.

„Wie geht es dir?" fragte sie mich, „du siehst gut aus. Ich habe von deiner Tante gehört, dass ihr das Hotel weggenommen wurde. Dort kannst du nicht mehr wohnen. Wenn du keine Bleibe hast, kannst du bei mir unterkommen." Das war ein Wink des Schicksals. „Ehrlich? Das wäre prima. Danke, das nehme ich gerne an", antwortete ich ihr. „Ich war heute Nacht bei Liesel und heute wollte ich mir ein Zimmer suchen."

Herr Maier erblickte mich und kam auf mich zu. Er gab mir die Hand und begrüßte mich. „Wir sind wieder da und wollen unsere Arbeit wieder aufnehmen", sprach ich zu ihm. Er

wollte gerade antworten, als eine junge Frau, mit Kamm und Schere in der Hand auf uns zu

kam, ihn wegdrängte und anfing tschechisch auf mich einzureden. Ich kannte sie nicht. Herr Maier lenkte ein. Er unterbrach sie und beschwichtigte sie.

„Traudl, sie können hier nicht mehr arbeiten. Das ist meine Braut. Sie ist auch Friseuse und hat angefangen hier zu arbeiten. Wir sind mit Friseusen voll besetzt. Noch eine kann ich nicht gebrauchen. Tut mir leid. Liesel kann selbstverständlich weiter arbeiten."

Das sagte er mit diesem Grinsen im Gesicht, das ich noch nie mochte. Die Freude von eben versiegte und verlief in dieses Angstgefühl, das immer wieder auftauchte.

Seine Braut beruhigte sich, beobachtete mich aber noch argwöhnisch.

„Ja, wenn das so ist, dann werde ich wohl gehen", sagte ich. Ohne weitere Diskussion drehte ich mich auf der Stelle um, ging zur Tür und verließ den Laden. Ich war zu stolz, um zu betteln.

Es war still geworden im Salon und alle schauten zu mir rüber, als ich die Tür öffnete. Nur die tschechischen Kunden verstanden nicht so richtig, was da gerade vor sich ging. Magda kam hinter mir hergelaufen. Und rief mir nach. „Komm heute Abend nach der Arbeit zu mir ins Zimmer." Ja, ist gut. Bis heute Abend", antwortete ich.

Wenigstens die Unterkunft hatte ich gefunden. Mit der neuen Dauerwelle dauerte es noch etwas. Magda wohnte über einem Fahrradgeschäft, das ich gut kannte. Es war nicht weit von hier, nur ein paar Straßen entfernt. Jetzt musste ich nur über den Tag kommen. Ich tauschte für die Lebensmittelkarten Essen ein. Ich holte meinen Koffer bei Liesels Mutter ab, den ich bei ihr gelassen hatte und trieb mich den Tag über im Park herum. Zum Glück war es ziemlich warm und die Sonne schien.

Pünktlich stand ich abends vor Magdas Haus, als sie kam. „Traudl, ich bin ja so froh, dass du da bist. Wo warst du die ganze Zeit? Du musst mir alles erzählen." Sie schloss die Haustür auf. Wir gingen die Treppe hoch und in ihr Zimmer. „Das ist schön, da bin ich nicht so alleine und wir können uns die Miete teilen", sprach sie.

In dem Zimmer standen zwei Betten, ein Schrank, ein Tisch, zwei Stühle und ein Waschschrank. Es gab elektrischen Strom. Wasser holten wir im Flur und am Ende des Flures gab es eine Toilette für alle Bewohner. Also, es war reiner Luxus.

Auf dem Flur wohnten noch andere Leute. Ein Kunstmaler, der aber die ganze Zeit betrunken war. Ich fragte mich, wo er den ganzen Alkohol herbekam? Den konnte er doch nur auf dem Schwarzmarkt tauschen.

Außerdem wohnte der Besitzer des Fahrradgeschäftes mit seiner Familie auf unserer Etage. Ich war zufrieden, denn ich hatte meine Bleibe.

Meine Erlebnisse im Wald waren ein abendfüllendes Programm und Magda hörte aufmerksam zu.

Sie erzählte mir, dass meine Mutter nach Jauernig gezogen war. Das war gut, dachte ich mir. Das beruhigte mich sehr, meine Mutter in Sicherheit zu wissen.

Bald gingen wir müde vor Erschöpfung ins Bett.

Am 19. September trat das Dekret 71 von Beneš in Kraft über die Arbeitspflicht der Deutschen,

die die tschechoslowakische Staatsbürgerschaft verloren hatten. Das waren wir. Betroffen waren ebenso ungarische Minderheiten. Dieses Dekret besagte, dass alle Männer die durch den Krieg verursachten Schäden wieder gut zu machen und zu beseitigen hatten.
Davon befreit waren Frauen, die für Kinder unter 6 Jahren sorgen mussten.

Am nächsten Tag schrieb ich einen Brief an meine Mutter, um ihr mitzuteilen, wo ich untergekommen war und dass sie sich keine Sorgen machen brauchte. Nachdem ich einen großen Spaziergang machte, ging ich nachmittags zu Hedl. Da hatte sie immer etwas Leerlauf. Ihre Schwiegertochter Ellie war auch da. Ich überbrachte Hedl meine neue Adresse. Ellie war Franzls Frau. Sie hatte ein Kind von ihm, eine Tochter, die munter auf ihrem Schoß herumtollte.
Ich erzählte ihnen, dass ich bei Herrn Maier nicht mehr arbeiten konnte und fragte, ob sie wüssten, wo ich Arbeit fände. „Mir fällt etwas ein." antwortete Ellie „Nicht weit von Ederers Geschäft hat ein anderer Friseurladen aufgemacht. Wenn du möchtest, gehe ich mit dir morgen dorthin. Es gehört einer Familie Nowak. Es sind Tschechen.

Sie sind mit Sicherheit froh um jede Friseuse",
sagte sie.

Hedl sah abgearbeitet aus. Sie redete wenig und
hörte nur zu. Manchmal wirkte sie, als wäre sie
gar nicht richtig da. Ab und zu stand sie auf, um
einen Gast zu bedienen.

Ellie arbeitete im Hotel zur Post als Kellnerin. Sie
bekam ein Zimmer und lebte dort mit ihrer Tochter Bärbel. Mittlerweile hatte sie wieder einen
Freund, ein Tscheche, der Chef vom Arbeitsamt
war.

Am nächsten Morgen schlief ich etwas länger.
Magda ging aus dem Haus, bevor ich aufstand.
Um 9 Uhr traf ich mich mit Ellie. Es war ein
schöner Tag. Die Blätter an den Bäumen waren
schon farbig und ihr gelb und rot glänzte in der
Sonne.

Wir trafen uns vor dem Hotel. Sie stand bereit, als
ich kam. Bärbel hielt sie an der Hand.

Wir gingen gemeinsam die Straße entlang, an der
Post vorbei bis zu dem Friseurladen. Er war nur
ein paar Minuten entfernt. Ich war ein wenig
aufgeregt.

Wir öffneten die Tür und gingen hinein. Das
Klingeln der Glocke löste ein wohliges Gefühl in
mir aus. Es war ein kleinerer Friseurladen, aber

gemütlich und nett zurecht gemacht. Der Vorbesitzer war noch im Krieg. Und nun waren die Besitzer Tschechen, die den Laden neu gestaltet hatten.

Da wir die Binde mit dem „N" trugen, erkannten die Leute sofort, dass wir Deutsche waren. Eine Frau mittleren Alters kam freundlich auf uns zu. Sie war die Chefin. Ihr Mann bediente die anderen Kunden.

Sie wirkte sehr nett und begrüßte uns auf Deutsch und stellte sich mit ihrem Namen vor. Ellie reichte ihr die Hand und stellte sich ebenfalls vor. Ich gab Frau Nowak die Hand und nannte meinen Namen. Sie beugte sich zu Bärbel hinunter und sprach sie an. Bärbel war etwas schüchtern und zurückhaltend. Dann widmete sie sich uns und fragte, wie sie uns helfen könnte. Ich erzählte, dass ich Friseuse bin und früher bei Herrn Ederer im Geschäft gearbeitet habe. Ich teilte ihr mit, dass ich eine neue Stelle suchte. Sie antwortete sehr freundlich in ihrem tschechischen Dialekt: „Wir haben neu aufgemacht, das haben Sie sicherlich mitbekommen. Wir haben noch nicht genug Kunden. Ich weiß nicht, ob wir Ihnen genug bezahlen können."

Da mischte sich Ellie in das Gespräch ein und sprach, bevor ich antworten konnte „ Das ist kein

Problem. Die Traudl kennt hier fast jeder und sie ist eine gute Friseuse. Wenn Sie die Traudl einstellen, ist ihr Geschäft bald voll." Daraufhin lachte sie. Dann kam ich zu Wort: "Ich arbeite im Damensalon und im Herrensalon. Sie können mich überall einsetzen. Probieren Sie es aus. Sie werden es nicht bereuen." Ich war sehr überzeugt von mir, denn ich wusste, dass ich gut war und genauso überzeugend konnte ich mich auch darstellen. Das war ein großes Plus von mir. Immerhin war ich erst 20 Jahre jung.

„Das wäre schön." antwortete sie „Ich bespreche das kurz mit meinem Mann." Sie ging rüber zu ihrem Mann. Er schaute zu uns. Sie wechselten einige Worte tschechisch miteinander, die wir aber nicht verstehen konnten. Ich hätte im Tschechischunterricht besser aufpassen sollen.

Er nickte und lächelte. Dann kam sie zu uns und er widmete sich seiner Kundin, die eine Dauerwelle bekam.

„Mein Mann ist einverstanden. Sie sind eingestellt. Wenn Sie möchten, können Sie gleich anfangen."

Ellie und ich freuten uns sehr darüber. Am liebsten hätte ich ein paar Luftsprünge gemacht und

Frau Nowak umarmt. Aber ich hielt mich lieber zurück.

Nun hatte ich eine neue Stelle. Ich zog meinen Mantel aus und hing ihn an die Garderobe.

Ellie verabschiedete sich von mir. Sie zwinkerte mir zu und wünschte mir viel Glück. „Bis später", rief sie mir noch zu, bevor sie ging. Ich krempelte die Ärmel hoch und fragte, wo ich anfangen sollte. Ich widmete mich einer Kundin mit Dauerwelle, die bereits wartete und begann die Haare zu waschen. Dieser Geruch der Dauerwelle berührte mein Herz. Ich fühlte mich endlich wieder angekommen und heimisch. Endlich wieder arbeiten können. Ich hatte das Gefühl, jetzt wird alles wieder gut.

Herr Nowak, ein etwas untersetzter Mann, lächelte immer wieder zu mir rüber. Er sprach so gut wie kein Wort Deutsch. Nur ein paar Brocken wie „Guten Tag" und „Was wünschen Sie bitte?"

Ich lernte ein paar Sätze Tschechisch. Die Frau von dem Direktor der Leinenfabrik unterrichtete mich und brachte mir bei, was ich auf Tschechisch zu den Kunden sagen konnte, um diese Kunden zu bedienen. Ich hatte viel zu tun. Die Kunden waren begeistert. Man merkte die Erleichterung bei den Nowaks eine Unterstützung zu haben, die ihnen behilflich war und viel Arbeit abnahm und dann auch noch eine so gute. Die Kunden waren sehr zufrieden und ich auch. Ich lebte mich schnell ein, als ob ich schon ewig hier gearbeitet hätte. Das machte sich auch bei dem Trinkgeld bemerkbar.

Und was Ellie versprach, das trat tatsächlich auch ein. Es sprach sich bei den Kunden herum. Es kamen immer mehr Kunden von Ederers Geschäft zu uns, die mich kannten und die von mir bedient werden wollten. Ich erfuhr, dass sogar viele Kunden von Herrn Ederer bei Herrn Maier ins Geschäft kamen und nach mir fragten. Als Herr Maier antwortete, dass ich jetzt bei Nowaks arbeitete, gingen sie wieder hinaus und kamen zu uns. Darunter waren auch solche, die ich vorher nie bedient hatte.

Nowaks Geschäft blühte auf und florierte. Sie waren glücklich und bezahlten mir einen angemessenen Lohn.

Wir hatten so viel zu tun, dass wir Überstunden machen mussten und auch bis abends um 22.00 Uhr arbeiteten, wenn um 18.00 Uhr noch eine Kundin kam, die eine Dauerwelle haben wollte. Und die dauerte ein paar Stunden. Wahrscheinlich heißt sie deshalb Dauerwelle.

Das war natürlich ein Problem, da es für Deutsche eine Ausgangssperre gab. Anfangs wurde sie ab 21.00 Uhr verhängt und später schon ab 20.00 Uhr. Ich fühlte mich sehr unwohl, so spät nach Hause zu gehen und schlich leise durch die Straßen, damit mich niemand bemerkte. Bei jedem Geräusch, bei jedem Knacken zuckte ich zusammen.

Eines Abends begegnete ich in einer Seitenstraße einer russischen Patrouille. Zwei bewaffnete Soldaten standen plötzlich vor mir und sprachen mich an. Mir rutschte das Herz in die Hose. Zum Weglaufen, Ausweichen oder Verstecken war es zu spät. Sie sprachen ein gebrochenes deutsch. „Wo Uhra?", fragten sie mich. Die russischen Soldaten waren hinter Armbanduhren her. Das musste wohl für sie der letzte Schrei gewesen sein. „Ich habe keine Uhr, die ist schon lange weg." Und das stimmte auch. Ich zeigte meine leeren Arme vor und zuckte mit den Schultern. Sie waren etwas verärgert und stießen mich weiter weg.

Ich ließ mir meine Angst nicht anmerken und ging schnellen Schrittes davon, aber mein Herz klopfte mir bis zum Hals. Die hätten alles mit mir machen können, wenn sie gerade Lust dazu gehabt hätten. Auch in diesem Fall hatte ich wieder einen Schutzengel.

Mit zittrigen Händen schloss ich die Wohnungstür auf und ging hinein. Ich verschloss die Tür und atmete erleichtert auf. Ab diesem Abend achtete ich darauf, wirklich rechtzeitig aus dem Geschäft zu kommen.

10. Abholung

Magda wartete schon auf mich: „Da bist du ja endlich. Ich habe mir schon Sorgen gemacht. Wo warst du solange?" fragte sie mich „Es kam noch eine Kundin kurz vor Ladenschluss. Deshalb dauerte es länger", antwortete ich. Mir schlackerten und zitterten immer noch die Beine. "Na, nun setz dich erstmal hin. Gib mir deinen Mantel. Ich häng ihn auf." An der Wand waren ein paar Haken angebracht, an denen wir Kleidungsstücke aufhängen konnten. „Mein Gott, du bist ja ganz bleich. Ist dir der Teufel begegnet? So schlimm kann doch keine Dauerwelle sein." Sie schaute mich an und setzte sich zu mir.

„Eine russische Patrouille ist mir begegnet", sprach ich. „Oh mein Gott. Was haben sie mit dir gemacht? Haben die dich nicht eingesperrt, da du so spät unterwegs warst?", fragte sie. „Nein. Nein", antwortete ich. „Haben sie dir was getan? Komm trink einen Schluck Wasser." Sie schüttete mir aus der Karaffe ein Glas Wasser ein, die immer auf dem Tisch stand. „Erzähl, was passiert ist."

„Es ist nichts passiert. Sie fragten mich lediglich, ob ich eine Armbanduhr hätte. Da ich keine dabei hatte, ließen sie mich gehen. Und dann schubsten sie mich herum." „Gottseidank, da hast du wirklich Glück gehabt. Ruh dich jetzt aus."

Ich legte mich aufs Bett, bis sich mein Kreislauf wieder stabilisiert hatte.

„Traudl, ich habe noch etwas für dich. Deine Mutter hat dir einen Brief geschrieben. Er ist heute angekommen."

Ich setzte mich wieder hin, um den Brief in Empfang zu nehmen. Ich öffnete ihn, indem ich den Schlitz mit den Fingern aufriss. Ich freute mich sehr, eine Nachricht von meiner Mutter zu bekommen. Was ich darin las, schockierte mich, es riss mir endgültig den Boden unter den Füßen weg.

Liebe Traudl!

Wie ich aus deinem Brief erfuhr, bist du endlich wieder in Freiwaldau. Ich bin froh darüber, wenigstens über dich Bescheid zu wissen, wo du bist. Und dass es dir gut geht.

Bei uns ist etwas Schreckliches passiert. Sie haben Horst abgeholt. Die tschechischen Gendarmen waren hier und haben unseren Jungen mitgenommen. Grusla und ich sind sehr traurig.

Es war vor ein paar Tagen. Unangemeldet ohne jede Andeutung standen sie abends um 10 Uhr vor unserer Tür. Wir lagen alle schon im Bett. Da standen sie in ihrer Uniform mit

Gewehren im Anschlag auf uns gerichtet und sagten, dass unser Horst verhaftet sei. Wir konnten nichts machen. Wir konnten uns nicht wehren. Die hätten uns erschossen.

Horst musste sich anziehen. Er war schon im Nachtgewand. Als wir nach der Begründung fragten, antworteten sie, dass er in der Hitlerjugend war und dass das ein Verbrechen war, wofür er jetzt zur Rechenschaft gezogen wird und eingesperrt wird.

Stell dir das mal vor. Einen 14 –jährigen Jungen verhaften sie und stempeln ihn als Verbrecher ab. Er hat doch niemandem etwas getan.

Sie haben ihn in das Internierungslager nach Jauernig gebracht. Am nächsten Morgen wurde er mit dem Zug weiter transportiert. Wir wissen immer noch nicht, wo er hingekommen ist. Keiner kann uns eine Auskunft geben. Es ist so schrecklich. Wann haben diese Gräueltaten ein Ende?

Traudl, wir wissen nicht, was wir machen sollen. Komm bald zu uns nach Jauernig. Du bist die Einzige, die uns noch geblieben ist. Von deiner Schwester wissen wir auch nur, dass sie aus Wien auf der Flucht ist. Alle Ausländer, die nicht in Wien geboren waren, mussten die Stadt verlassen, da es dort eine Hungersnot gab.

In Liebe deine
Mutter

Ich gab Magda den Brief zum Lesen. Jetzt auch noch mein Bruder. Nun wich Magda die Röte aus dem Gesicht. „Das ist entsetzlich, Traudl. Kann man denn da gar nichts machen?", fragte sie. „Ich weiß nicht was." Schweigend und schockiert saßen wir da. Noch lange habe ich über den Brief nachgedacht.
Wir gingen bald schlafen, ohne noch etwas gegessen zu haben. Mir war jeglicher Appetit vergangen.
Ich konnte in der Nacht kein Auge zu machen und in meinem Kopf drehte sich ein Gedankenkarussell mit einem Gefühlschaos aus Angst. Ich hatte Schüttelfrost und fror am ganzen Körper. Gleichzeitig brach mir kalter Schweiß aus.
Erst am Morgen fiel ich in einen unruhigen Schlaf.

11. Verschärfung

Am 25. Oktober 1945 wurde ein neues Dekret von Beneš ausgerufen. Das besagte, dass der Besitz der Deutschen beschlagnahmt werden sollte. Das bedeutete, dass sämtliches Vermögen ohne Beschädigung konfisziert wurde. Fahrräder und Fuhrwerke mussten abgegeben werden. Nun war es amtlich, was inoffiziell die ganze Zeit passierte.

Jeder Ausgewiesene durfte 1000 Reichsmark und 75 kg Gepäck mitnehmen. Aber dies wurde von den Tschechen selten eingehalten. Vier Wochen später wurde offiziell das Gesetz der Alliierten über die Ausweisung ausgerufen.

Die geplante massenweise Abschiebung der Deutschen wurde auf Tschechisch „odsun" genannt. Die Städte wurden immer leerer und leerer, da die Aussiedlung im vollen Gange war.

Viele Sudetendeutsche wurden von den Volksgerichten verurteilt und kamen ins Lager oder wurden zur Zwangsarbeit eingeteilt.

Draußen vor dem Geschäft stand ein Lastwagen mit Kriegsgefangenen. Der Hunger stand ihnen ins Gesicht geschrieben. Ich nahm mein Frühstücksbrot und ging nach draußen. Ich gab es einem der Gefangenen, der mit seinen Händen nach draußen fasste.

Dann wendete ich mich wieder den Dauerwellen und Hochsteckfrisuren zu, die sehr beliebt waren. Ich wusste was ich konnte und das setzte ich auch durch. Ich war stur, vielleicht weil ich ein feuriger Widder bin.

Vier Wochen später wurde offiziell das Gesetz der Alliierten über die Ausweisung ausgerufen.

Ich erinnerte mich, wie Frau Nowak einmal die feuchten Handtücher über die Trockenhaube hängte. Ich machte ihr deutlich, dass ich das nicht wollte. Es war einfach ungünstig, sie auf diese Weise zu trocknen. Ich antwortete ihr, wenn ihr das nicht gefällt, kann sie sich jemand anderen suchen, dann gehe ich in ein anderes Geschäft. Ich wusste, dass mich viele mit Kusshand nehmen würden. Ich war sehr verärgert darüber, dass sie mir in die Arbeit hinein reden wollte.

Außerdem sagte ich, dass ich schon lange kein Mittagessen bekommen hätte. Frau Nowak beschwichtigte die Situation und lenkte wieder ein. „Warum haben Sie das nicht gleich gesagt. Sie können bei uns mitessen." Sie rief ihrem Mann ein paar Sätze zu. Der schlug die Hände über dem

Kopf zusammen. Er rief:„Truda, Truda!" Das war mein Name, und dann sagte er ein paar Sätze, die ich nicht verstand. Von da an hatte ich jeden Tag Mittagessen, solange ich hier arbeitete.

Ich ging hoch in die Küche, wo Frau Nowak ein leckeres Essen gekocht hatte. Es duftete den Flur entlang. Ich musste aufpassen und mich zusammenreißen, dass ich nicht zu hastig aß und alles runterschlang, da ich sehr hungrig war.

Nach dem Essen zog ich meinen Kittel wieder an und bedankte mich. Als ich wieder im Laden stand, kam Ellie angerannt. Völlig außer Atem öffnete sie die Ladentür. Ich war gerade an einem Herrenschnitt am Arbeiten und hielt Kamm und Schere in den Händen. Ellie rief mir zu: „Traudl, du musst sofort kommen, deine Mutter wird heute abgeholt und soll ins Lager."

Ich ließ sofort alles fallen, zog den Kittel aus, schnappte mir den Mantel und rannte los.

Wir rannten zu Ellies Freund Fred auf dem Arbeitsamt. Er hatte sich bereit erklärt, mir zu helfen und mich zu begleiten. Zusammen liefen wir zum Bahnhof und fuhren mit dem Zug nach Lindewiese. Dort war der Sammelbahnhof für das Lager. Wir hofften, sie dort aus dem Zug holen zu können.

Ich zog meine Binde mit dem "N" ab, da ich keine Bescheinigung zum Zugfahren hatte. Als Deutsche war es Pflicht, sich eine Bescheinigung zu besorgen. Wir hofften, dass wir nicht kontrolliert würden, da sie mich sonst eingesperrt hätten. Am Bahnhof stand auch gerade ein Zug, der sofort abfuhr. Das Signal war schon gesetzt. Schnell stiegen wir ein, dann schlossen sie die Türen und der Zug fuhr los.

Als Deutsche zu dieser Zeit in diesem Land stand man mit einem Bein im Gefängnis, da es so viele Verbote gab, die wir nicht alle kannten und auch nicht einhalten konnten.

Unterwegs auf der Fahrt redeten wir wenig. Wir sahen aus dem Fenster. Eine Leere breitete sich in meinem Kopf aus. Was wäre, wenn wir zu spät kämen?

Wir sahen die Felder, die brach lagen, die nicht von ihren Besitzern bearbeitet wurden, da sie schon lange den Ort verlassen hatten. Wir waren entsetzt. Für das Land war die Vertreibung eine Katastrophe.

Die Felder wurden nicht bestellt. Es wurde nicht geerntet. Das Obst wurde nicht gepflückt und verdorrte. Zwei Millionen Tschechen wurden in das Land gesiedelt, in dem sonst drei Millionen Deutsche lebten. Die Städte verwaisten und wur-

den zu Geisterstädten. Das Korn verkümmerte. Die Tschechen, die Gutshöfe übernahmen, kannten sich mit den Gerätschaften nicht aus. Sie wussten nicht, wo sie das Vieh weiden lassen sollten. Es war ein Chaos ohne Ende.
Die Städte wurden leerer und leerer, da die Ausweisung in vollem Gange war.

Ein langes Schweigen breitete sich aus und eine Schwere lag in der Luft. Um uns herum hörte ich nur das Rattern des Zuges auf den Schienen und das Geplapper der Mitreisenden, deren tschechisch und russisch ich nicht verstand. Hoffentlich kommen wir noch rechtzeitig, dachte ich. Es war kalt draußen. Raureif lag auf der Erde. Die Sonne hatte schon längst an Kraft verloren.
Wir wurden nicht kontrolliert. Niemand wollte eine Bescheinigung sehen.
Die Fahrt war nicht sehr lang, trotzdem kam sie mir unendlich vor, bis wir endlich den Zielbahnhof in Lindewiese erreichten.
Ich sprang auf. Fred hinter mir her. Es war wirklich nett von ihm, mich zu begleiten. Er war Tscheche und tat gerade gesetzeswidrige Dinge.
Ich drängelte mich an der Menschenmenge vorbei zum Ausgang. Die Bremsen quietschten und der Zug hielt an. Die Türen wurden geöffnet und ich

sprang hinaus. Ein Gleis weiter stand noch der Zug mit den Menschen für den Transport. Wir mussten durch eine Unterführung. Ich rannte. Fred kam kaum mit. Ich war schon immer gut im Laufen. Jetzt, wo mir die Angst mal wieder im Nacken saß, brach ich alle Rekorde.

Ein ellenlanger Zug mit Viehwaggons stand auf dem Gleis. Massen von Menschen saßen darin, die ins Ungewisse transportiert werden sollten. Draußen stand das Wachpersonal mit Gewehren. Die Waggons waren völlig überfüllt. Die Menschen hatten ihre wenigen Habseligkeiten dabei, die aus einem oder zwei Koffern bestanden. Kinder schrien und konnten nicht beruhigt werden. Angstverzerrte Gesichter blickten uns aus den Wagen an. Wir liefen von Waggon zu Waggon und schauten hinein. Fred rief auf Tschechisch „Paní Winklerova". Das hieß Frau Winkler. Er fragte bei den Wachen nach und ließ sich deren Listen zeigen. Nichts. Panik stieg in mir auf. Ich war am Schwitzen, obwohl es sehr kalt war. Ich rief „Mama". Doch niemand antwortete. Wir konnten meine Mutter einfach nicht erblicken. Durch eine unerträgliche Lautstärke von schreienden Leuten kämpfte ich mich mit meiner Stimme.

Endlich erreichten wir den letzten Waggon. Auch da rief ich wieder. Es schaute eine Frau aus der Tür. Es war Frau Geier, eine Bekannte meiner Mutter. Sie rief mir zu: „Traudl, deine Mutter ist nicht im Zug. Sie ist zuhause. Sie haben sie nicht mitgenommen."

Das war die schönste Nachricht, die ich seit langem erhielt. Ich war so froh. Es fiel mir buchstäblich ein Stein vom Herzen. Wir blieben stehen und ich umarmte Fred vor Freude. Ich Beschloss, gleich mit dem nächsten Zug nach Jauernig zu meiner Mutter zu fahren.

Dann schlossen sie die Türen und der Zug setzte sich in Bewegung.

Fred fuhr zurück nach Freiwaldau. Er wollte Nowaks, Magda und meiner Tante Bescheid geben.

Frau Geier habe ich nie wieder gesehen, es war das Letzte was ich je von ihr hörte.

12. Jauernig

Nördlich des Altvatergebirges liegt das Reichensteiner Gebirge. Am Fuße dieses Gebirges liegt das Städtchen Jauernig, direkt unterhalb der polnischen Grenze. Hier lebten im Jahr 1944 ca. 2900 Deutsche. Ein imposantes Städtchen. Der tschechische Name lautete Javornig und leitete sich von dem slawischen Wort Jawor ab, das Ahorn bedeutet.

Oberhalb der Stadt lag das Wahrzeichen der Stadt, das Schloss Johannisberg. Es war der Sommersitz der Bischöfe von Breslau.

Als ich ein Kind war, lebte meine Familie am Fuße des Schlosses. Mein Vater war damals der Gärtner des Bischofs und kümmerte sich um die Gartenanlagen rund um das Schloss bis er eine Stelle im Büro einer Versicherung bekam und nach Friedeberg zog.

Es gab ein Gerichtsgefängnis, in das die deutschen Gefangenen durch die Verhaftungen der Gendarmen und Partisanen gesperrt wurden.

Die Einwohner waren verängstigt und wagten es selten ihre Häuser zu verlassen, nur wenn es nötig war.

Das Lager, das eigentlich für die Ertüchtigung der deutschen Jugend diente, wurde zu einem Internierungslager umgebaut.

Als Internierungslager wurden verschiedene Gefängnisse bezeichnet.

Die internierten Personen waren entweder Zivilisten, Kriegsgefangene oder Soldaten.

Nach Außen war es mit einem hohen Stacheldrahtzaun abgesichert. Die inhaftierten Lagerinsassen wurden gedemütigt und man hörte oft die nächtlichen Schreie durch das Dorf hallen. Aufgelöst wurde es erst 1946, nachdem viele Insassen in andere Lager kamen.

Grusla, meine Großmutter Anna, hatte hier ein Haus und meine Mutter zog mit meinem Bruder zu ihr. Meine Mutter arbeitete in der ansässigen Papierfabrik. Meine Großmutter hatte die Arbeit bekommen, oder eher gesagt, sie wurde ihr zugeteilt. Da meine Großmutter Ausschläge und Ekzeme durch den Klebstoff an den Händen bekam, mit dem sie arbeitete und die nicht heilen wollten, erklärte sich meine Mutter bereit dazu, an ihrer Stelle die Arbeit zu übernehmen.

Ich kam mit dem Zug abends am Bahnhof an und lief schnellen Schrittes zu dem Haus meiner Großmutter, vorbei an dem Fuße des Schlosses.

Meine Großmutter entdeckte mich als Erste. Es war schon dunkel und der Vollmond schien durch die Wolken und die Baumwipfel. Es sah gespenstisch aus. Sie rief meiner Mutter zu „Traudl kommt!" Ich entdeckte sie und rannte ihr entgegen. Mir kamen die Tränen, die mir in einem kleinen Rinnsal über die Wangen liefen. Ich wischte sie mit meiner Hand ab.

"Es ist so schön dich zu sehen Traudl, ich bin so froh." "Ich bin sofort gekommen. Ich war am Bahnhof, Frau Geier sagte mir, dass du nicht im Zug bist".

Das Haus meiner Großmutter war so eingeteilt, dass es im Erdgeschoß, wenn man hereinkam, links eine große Wohnküche gab, in der sich alle Personen im Winter aufhielten. Da war es immer schön warm. Dahinter befand sich ein großes Zimmer. Rechts gab es eine kleine Küche mit einem kleinen Zimmer.
In dem großen Zimmer standen drei Betten. Darin lebten mein Bruder und meine Mutter. In dem kleinen Zimmer schlief meine Oma. Sie hatte ständig Flöhe und Würmer, der sie einfach nicht Herr wurde.

In der großen Küche stand eine Ofenbank, eine Eckbank mit Backofen. In der Mitte des Hauses, vom Flur aus, ging es in den Keller, in dem Gemüse und Obst und Kartoffeln lagerten. Eine Treppe führte nach oben zu den anderen beiden Zimmern, die im Winter unbewohnt waren, da es dort keine Öfen gab. Vom Flur aus ging es nach hinten in eine Waschküche, die mein Opa angebaut hatte. Von der Waschküche aus konnte man in den Garten gehen. Dort stand eine Holzhütte, die bestückt war mit Holz zum Heizen.

Einige Tiere lebten dort. Eine Ziege, die für Milch sorgte, ein paar Hühner, die Eier legten und einige Kaninchen, die Grusla schlachtete.

Ich schlief im Zimmer meiner Mutter. Seitdem ich Friseuse war, kümmerte ich mich um die Haare meiner Mutter und meiner Großmutter. Meine Mutter trug eine Kurzhaarfrisur. Ich machte ihr öfters eine Dauerwelle. Grusla war für das neumodische Zeug nicht zu haben. Wie alle Frauen in ihrem Alter trug sie einen Dutt. Ich bürstete Ihre langen Haare stundenlang.

Ich bekam etwas zu essen und trank eine Tasse Tee, von den Kräutern die Grusla während des Sommers sammelte. Ich hatte heute Morgen

nichts mehr bekommen und hatte einen Riesen-
hunger. Wir setzten uns bei Petroleumlampenlicht
und Kerzen an den Tisch in der großen Küche, in
der es herrlich warm war. Ich erzählte den Drei-
en, dass ich meine Mutter am Bahnhof gesucht
hatte. "Ich bin ja so froh, dass du nicht im Zug
warst, Mama. Was ist passiert?", fragte ich.
"Ach Traudl", seufzte sie, „als ich Bescheid
bekam, dass sie mich heute abholen wollten,
wusste ich eins: Das muss ich verhindern. Ich
konnte Grusla doch nicht alleine lassen. Da fiel
mir etwas ein. Du weißt doch, dass ich keinen
Sauerkrautsaft vertrage. Ich habe Sauerkrautsaft
angesetzt und heute Morgen ganz früh getrunken.
Mir wurde so schlecht, dass ich kurze Zeit danach
anfing zu würgen und zu brechen. Und du weißt
ja, wenn ich würge, dann ist das so laut und
schrecklich, dass sie es eine Straße weiter noch
hörten. "
Ich schmunzelte: „Oh ja, das stimmt. Das habe
ich oft miterlebt. Mir wurde immer angst und
bange, wenn ich das hörte. „Als die Gendarmen
heute Morgen kamen, erblickten sie mich. Ich
war zu krank. Die dachten ich sterbe. Damit
konnten sie im Lager nichts anfangen", sprach
sie. " Das war schlau. Das war das Beste was du
machen konntest", antwortete ich. Meine Mutter

war klug. „Sie gingen und ließen mich zurück". Wir fingen lautstark an zu lachen. Mittlerweile ging es ihr wieder besser. Man konnte diese Tschechen also auch überlisten. Das war gut zu wissen. Wer weiß, wozu wir dieses Wissen noch brauchen konnten.

Ich stand auf und nahm meine Mutter nochmal in den Arm, weil ich so überglücklich war. „Jetzt erzähl. Was habt ihr von Horst gehört? Wo ist er?" fragte ich.
„Das ist eine traurige Geschichte. Wir wissen immer noch nicht, wo er ist. Wir haben keinen Anhaltspunkt, wo er sein könnte. Wenn ich damals gewusst hätte, dass die kommen, hätte ich ihn versteckt. Ich hätte ihn nicht hergegeben", sagte sie. Grusla sagte nichts dazu, sie hörte aufmerksam zu.

„Ich versuche über Fred, Ellies Freund etwas herauszubekommen. Er ist Tscheche und kann sich durchfragen", antwortete ich.
Dann meldete sich Grusla zu Wort: „Bald hätten wir es vergessen, es gibt doch noch eine gute Neuigkeit. Dein Vater ist am Leben", sagte sie.
"Was? Das ist ja großartig, Mama, Grusla, woher wisst ihr das?", fragte ich. „Er hat uns einen Brief

geschrieben. Er ist in Deutschland in Munster in Kriegsgefangenschaft. Es geht ihm den Umständen entsprechend gut. Er weiß nicht, wie lange er gefangen bleibt. Aber eins ist sicher, er wird nicht hierher kommen, wenn er wieder frei ist. Er wird sofort verhaftet."

„Manchmal gibt es doch einen Herrgott, der es gut mit uns meint. Das ist so schön. Nach all den Monaten, in denen wir nicht wussten ob er lebt, ein Lebenszeichen von ihm zu hören, ist so wunderbar", jubelte ich, „und um Horst kümmere ich mich. Habt Vertrauen, wir finden ihn. Es wird alles gut. Mama, ich verspreche dir, dass ich ihn raushole. Ich hole ihn zurück."

Bis wir schlafen gingen, bürstete ich den beiden die Haare bei schummrigem Licht. Bei all den traurigen Nachrichten breitete sich etwas Zuversicht und Hoffnung aus, dass alles gut werden würde. Das Beten hatte doch etwas genutzt. Und natürlich die Kerze, die Grusla in das Fenster stellte, damit all unsere Lieben wieder heim finden sollten.

„Wisst ihr noch, als ich klein war und wir in der Dienstwohnung unterhalb des Schlosses wohnten?" Alle nickten. Mir fiel die kleine Geschichte ein, die ich erlebte und wofür ich damals Prügel bekam. Sie war lustig, ich versuchte sie ein wenig aufzumuntern. „Im Sommer spielten wir Zirkus im Hof mit den Nachbarkindern. Ein Freund von mir, der Wache Walter, hatte seine Wasserfarben mitgebracht. Damit malten wir uns an. Als er ging, hatte er sie prompt im Hof vergessen. Zu dem Hof gehörte ein Stall. Dort lebte ein Schwein. Papa hatte es aus dem Stall in den Hof gelassen. Was macht das dumme Schwein? Es aß die Wasserfarben und wurde schwer krank. Es bekam fürchterlichen Durchfall. Alles in den reinsten Regenbogenfarben. Es riss fast den Stall ein. Meine Güte, was musste das Schwein Schmerzen gehabt haben. Es bekam nur noch Buttermilch zu saufen. Walter bekam eine Tracht Prügel von seinem Vater. Ich bekam auch eine. Papa nannte mich nur noch „du Zigeuner." Das gefiel mir sehr.

Es war sehr amüsant an früher zu denken. Und die Atmosphäre war entspannter.

Ich ging beruhigt schlafen. Draußen war es still. Ich fiel erschöpft in einen tiefen, traumlosen Schlaf. Am nächsten Morgen nahm ich den ersten Zug um 6 Uhr, um pünktlich im Geschäft zu sein.

13. Befreiung von Horst

Die Weihnachtsfeiertage waren vorüber und der Alltag begann wieder. Doch etwas war anders. Ich hatte ein Ziel. Ich wollte alles dafür tun, meinen kleinen Bruder aus dem Arbeitslager zu holen.

Wir erfuhren, dass er in Königrätz im Lager war. Sobald ich Mittagspause hatte, ging ich zum Bürgermeisteramt, um mich zu erkundigen, was ich tun müsste. Der Tscheche, der mir gegenüber saß, war alles andere als erfreut von meinem Vorhaben. Es kam mir vor, als wollte er seine Macht mir gegenüber demonstrieren. Er wirkte fast arrogant. „Nein, nein Fräulein Winklerova", sprach er in gebrochenem Deutsch, „das vergessen Sie. Der Junge wird gebraucht zum Arbeiten."

„Was muss ich tun, um ihn zurückzuholen? Er wird hier gebraucht", erwiderte ich.

„Das hat bisher noch niemand versucht. Aber gut! Notieren Sie sich, welche Papiere er und Sie brauchen. Und dann werden Sie merken, dass es unmöglich ist und Ihre Idee aufgeben. Was soll das? Ergeben Sie sich den Umständen." Ich ließ ihn reden und schaute ihn dabei aufmerksam und beobachtend an. Ich ließ ihn keine Sekunde aus den Augen.

„Es sind 12 an der Zahl", sagte er. Ich hielt einen Zettel und einen Stift bereit, um alles aufzuschreiben. Ich ließ nicht locker.

„Zunächst brauchen Sie eine Arbeitsbescheinigung, dass er wenn er zurückkommt, zuhause eine Arbeit hat und als Arbeiter gebraucht wird."

„Ja", antwortete ich, „darum kümmere ich mich. Was noch?" Ich trat sehr energisch auf.

„Sie brauchen eine Genehmigung, um mit dem Zug nach Jauernig zu fahren und eine um zurück nach Freiwaldau zu fahren. Einmal für Sie und einmal für Ihren Bruder", sprach er.

„Gut, das besorge ich. Das wären also 3", sagte ich.

"Dann brauchen Sie die Genehmigung um nach Königrätz zu fahren für sich und für sie beide, um wieder zurückzufahren."

Ich notierte alles, behielt ihn im Blick.

„Dann brauchen Sie eine Genehmigung vom Arbeitsamt, dass er hier arbeiten darf", sagte er.

Er zählte noch 5 weitere Genehmigungen auf, die mindestens genauso schwierig zu beschaffen waren, wie die anderen. Dabei grinste er hämisch und überlegen. Er begutachtete mich und meine Reaktionen und fühlte sich bereits als Sieger und wartete nur darauf, dass ich klein beigab und aufgab. Aber es schien ihm auch zu imponieren, dass ich dran blieb und mich nicht beeindrucken ließ. Ich ließ mich nicht entmutigen.

Ich ging zurück in den Salon. Meine Gedanken ratterten und ich überlegte, wie ich das Ganze bewerkstelligen konnte. Ich konnte auf keinen Fall alleine fahren. Das war zu gefährlich durch tschechisches Gebiet. Wenn es den Gendarmen nicht passte, konnten die mich ohne Grund einsperren. Ich brauchte eine Begleitung. Aber wen? Oh, lieber Gott, hilf mir, dass ich das schaffe.

Im Geschäft angekommen erzählte ich der Frau von meinem Chef, Frau Nowak, von meinem Vorhaben. Sie merkte, dass ich fest entschlossen war. Sie überlegte. „Eine Arbeitsbescheinigung können wir Ihnen ausstellen für Ihren Bruder. Dann hätten Sie schon mal eine. „Sie besprach es mit ihrem Mann auf Tschechisch. Er nickte bejahend.
Sie stellten mir tatsächlich eine Bescheinigung aus, obwohl sie ihn nicht brauchten.
Ich hätte sie am liebsten umarmt. Ich war ihnen unendlich dankbar.

Nun brauchte ich noch jemanden, der mich auf der Fahrt in das tschechische Gebiet begleitete. Das müsste aber jemand sein, der genauso unerschrocken war wie ich und sich auf so eine gefährliche Sache einlassen würde.

Aber wen?

Und das Schicksal meinte es gut mit mir. Einige Tage später, es hatte das neue Jahr angefangen, war ich tüchtig dabei die Bescheinigungen zusammenzustellen. Ich bediente eine Kundin. Sie war Tschechin, hieß Olga und war eine Stammkundin von mir. Wir kamen ins Gespräch und ich erzählte ihr von meinem Plan. Sie hörte aufmerksam zu und überlegte. „Frau Winkler", sagte sie, „Ich helfe Ihnen."

"Das würden Sie tun?", fragte ich. „Die Fahrt ist gefährlich bis Königrätz."

„Ja, das stimmt. Es ist gefährlich für Sie alleine als Deutsche zu reisen. Ich biete Ihnen an, Sie zu begleiten. Sie können mich ja dafür bezahlen."

Meine Freude darüber war unermesslich groß. Auch für sie war die Fahrt gefährlich, ohne Zweifel. Aber ich hatte keine andere Wahl, wenn ich meinen Bruder retten wollte.

Der Beamte sagte doch, so etwas hat es noch nie gegeben. Mir standen die Tränen in den Augen.

Ich bot ihr 500 Kronen für ihre Dienste. Das war selbst für eine Tschechin in dieser Zeit viel Geld. Und meinen Schmuck bot ich ihr an. Sie willigte ein.

Wir trafen uns und schmiedeten einen Plan wie wir vorgehen wollten. Sie wollte die Fahrkarten besorgen. Ich sollte die Binde mit dem "N", das Deutsche hieß, ablassen, damit mich die Leute nicht als Deutsche erkannten. Wir einigten uns, dass ich kein Wort reden sollte während der ganzen Fahrt.

Ich erfuhr, dass zwei Deutsche Jungen in dem Lager von Königrätz erschossen wurden, weil sie flüchten wollten. Mein Bruder war nicht dabei. Das bestärkte mich in dem Plan und ich trieb ihn voran.
Die Tschechin wollte alles für mich regeln. Es war für Deutsche verboten, in tschechische Restaurants zu gehen. Irgendwo mussten wir etwas essen.
Ich erkundigte mich nach der Fahrtzeit, nach der Abfahrt und Ankunft in Königrätz. Es musste alles genau durchdacht, vorbereitet und geplant sein, damit nicht in letzter Sekunde noch etwas schief lief.

Ich brauchte eine Bescheinigung vom Landratsamt in Jauernig und ging zu dem zuständigen Beamten.

Er war sehr hager und knöchrig, genauso wie seine Aussprache. Man merkte ihm an, dass er keine Deutschen leiden konnte.

„So. Sie brauchen also eine Bescheinigung für Ihren Bruder", sagte er „Wie ist Ihr Name? Winklerova? Da muss ich in Ihre Akte schauen." Er holte eine alte verstaubte Akte aus dem Nebenzimmer hervor. Er pustete darauf und der Staub wirbelte durch die Luft. Dann blätterte er genüsslich darin, als ob er nach einem verschollenen Schatz suchen würde. Er las. Dann blätterte er weiter und gab bejahende Geräusche von sich, murmelte etwas auf Tschechisch. Ich wurde unruhig und mir war, als ob sich eine Kralle von hinten auf meine Schulter legte. Die Luft war schlecht in diesem Raum voller Akten. Es hätte mal gelüftet werden müssen.

Dann stoppte er auf einer Seite und grinste. „Da haben wir etwas", sagte er mit einem zynischen Blick. „Wie ich hier erkennen kann waren Sie im BDM, dem Bund Deutscher Mädel. Ist das richtig? Damit haben Sie das Naziregime unterstützt." Er schaute mich über seine Brillengläser direkt an. „Das stimmt nur zur Hälfte. Mit 14 Jahren musste ich dahin. Wir wurden dazu gezwungen. Ich bin nicht mehr hingegangen." Er kniff die Augen zusammen und überlegte.

„Das ist nach dem tschechischen Gesetz eine Straftat." Er stand auf und verließ den Raum.

Ich dachte, er hatte nichts Gutes im Sinn. Ich stand auf, nahm meine Sachen und zog es vor, auf die letzte Bescheinigung zu verzichten. Ich rannte so schnell ich konnte. Er bemerkte, dass ich ging. „Ich werde sie von der Polizei verhaften lassen", rief er hinter mir her.

Ich lief zum Bahnhof. Dort standen tatsächlich zwei Polizisten. Ich traute mich nicht weiterzugehen. Ich kehrte um, es konnte durchaus sein, dass er seine Drohung ernst meinte.

Ich lief zu meiner Mutter. Sie begleitete mich zu Fuß bis nach Friedeberg. Dort lebte ein Bekannter von ihr, zu dem wir gingen. Der Bekannte ging mit meinem Ausweis zur Polizei, um für mich eine Genehmigung zu besorgen, dass ich mit dem Zug weiter nach Freiwaldau fahren durfte. „Die Beamten waren recht freundlich und sagten, dass sie für so eine schöne Frau gerne eine Genehmigung ausstellen. So durfte ich endlich mit dem Zug zurück nach Freiwaldau fahren.

Es dauerte bis Anfang Februar, bis wir alles zusammen hatten. Ich wusste nicht aus welchen Gründen Olga mir half. War es reine Nächstenliebe? Oder brauchte sie das Geld? Oder war es die Lust am Risiko? Keine Ahnung. Ehrlich gesagt, interessierte es mich auch nicht. Ich war froh und dankbar, dass sie mir half. Ein Engel von Gott geschickt. Es gab keine Alternative. Sie war in meinem Alter und ebenso wie alle anderen vom Krieg gezeichnet.

Mitte Februar war es soweit. Ich nahm mir ein paar Tage frei. Wir nahmen den ersten Zug. Wir hatten ausgemacht, dass ich in schwarz gekleidet war. Olga sagte zu den Tschechen, die mich ansprachen, dass ich in Trauer war. Das akzeptierten sie und ließen mich in Ruhe. Ich hatte meine Binde mit dem „N" für Deutsche abgenommen. Allein das war schon eine Straftat. Ich sollte nichts sprechen, damit niemand bemerkte, dass ich Deutsche war. Ich sprach gebrochen tschechisch. Mir schlug das Herz bis zum Hals. Es war eine unendlich lange Fahrt. Wir mussten mehrmals umsteigen. Der ganze Zug war voller Tschechen. Ich verstand kein Wort, aber ließ mir nichts anmerken. Ich schaute die ganze Zeit auf den Boden. Männer, Frauen und Kinder saßen im Abteil und niemand nahm Notiz von mir.

Es war kalt draußen. Es lag Eis und Schnee. Ich hörte das Schnaufen der Dampflok und das Rattern der Räder auf den Schienen. Ab und zu versank ich in meinen Gedanken oder betete, dass alles gelang. Meine Begleiterin wirkte ebenfalls angespannt.

Erst am Nachmittag kamen wir in Königrätz an. Wir stiegen aus und meine Begleiterin erkundigte sich nach dem Lager. Wir mussten noch einen langen Weg laufen, dann standen wir vor dem Lager. Ein gewöhnliches Lager mit vielen Baracken und einem Stacheldrahtzaun als Umzäunung.

Wir meldeten uns am Tor. Der Wachmann ließ uns hinein. Ein anderer Wachposten begleitete uns zu dem Büro der Lagerleitung. Wir traten ein und ein Tscheche mittleren Alters saß hinter dem Schreibtisch. Er war der Lagerleiter. Meine Begleiterin begrüßte ihn und erklärte ihm, warum wir hier waren. Sie legte ihm die Bescheinigungen vor. Ich verstand zwar kein Wort, aber ich wusste um was es ging.

Er schaute sich die Papiere an und sagte ein paar Worte. Sie antwortete. Er schickte den Wachposten nach draußen. Wir konnten Platz nehmen. Es war alles wie im Traum. Mein Herz raste und schlug mir bis zum Hals. Ich hatte das Gefühl bald zu platzen. Ich schaute von Einem zum Anderen. Eine unendlich lange Zeit, dabei waren es nur Minuten.

Er nickte. Dann schaute er in seinen Akten nach. Er wandte sich mir zu. Dann endlich kam der erlösende Satz auf Deutsch: „Den können Sie mitnehmen. Den brauchen wir hier nicht mehr."

Mir rutschte das Herz in die Hose und der Satz klang immer wieder in mir nach. „Den können Sie mitnehmen. Den brauchen wir hier nicht mehr. Den können Sie mitnehmen. Den brauchen wir hier nicht mehr. Den können Sie mitnehmen. Den brauchen wir hier nicht mehr."

Er rief nach einem Wachposten. Diesmal kam ein anderer. Er sprach etwas auf Tschechisch zu ihm. Der Wachposten ging.

Der Lagerleiter zündete sich eine Zigarette an. Erst jetzt bemerkte ich den vollen Aschenbecher auf seinem Schreibtisch und die verqualmte Luft im Raum. Und es war warm hier, sehr warm.

Seine tiefe Stimme brannte sich in meinem Hirn ein. Es verging die Zeit, die mir jetzt vorkam wie Stunden.

Nach einer Weile, ich weiß nicht wie lange es dauerte, öffnete sich die Tür. Der Wachposten kam mit einem jungen Mann in Begleitung zurück. Beim genauen Hinschauen erkannte ich meinen Bruder. Die leeren Augen schauten mich an. Die Wangen waren eingefallen. Er war schmutzig und die Lagerkleidung hatte einige Löcher vorzuweisen.

„Horst", sagte ich. Er schaute mich an und verstand zuerst nicht, was gerade passierte. Da stand mein kleiner Bruder. Ich hatte es geschafft. Ich war hier. Wir waren hier. Er zog die Augenbrauen nach oben, bis auch er mich erkannte. „Traudl?" fragte er ungläubig.

„Ja, es ist wahr. Ich bin es. Du kommst nach Hause. Ich bin hier, um dich zu holen", sagte ich.

Der Lagerleiter sprach zum Wachposten. Dann sprach er zu uns auf Deutsch. „Gehen Sie die Sachen packen. Sie können fahren."

Jetzt endlich begriff Horst, was vor sich ging. Er schaute mich an, er schaute die anderen an und begann zu lächeln.

Wir umarmten uns. Mir liefen mal wieder die Tränen die Wangen runter.

Da es schon spät war, fuhr heute kein Zug mehr zurück. Das hieß wir mussten dort übernachten. Das war mir sehr unangenehm, aber es blieb uns nichts anderes übrig. Wir bekamen ein Zimmer in einer Baracke zugewiesen, indem ein sehr schmales Bett stand. Meine Begleiterin und ich mussten zusammen in diesem Bett schlafen. Natürlich machten wir kein Auge zu und behielten unsere Mäntel an, da es zu dem sehr kalt war.

Früh morgens standen wir auf. Es war noch stockdunkel. Wir holten Horst ab, der nur spärlich bekleidet war. Es begegneten uns andere Lagerinsassen. Sie sahen fahl aus im Gesicht. Ohne was gegessen zu haben, machten wir uns auf den Weg. Es war glatt. Und wir brauchten lange bis zum Bahnhof. Wir fielen immer wieder hin, obwohl wir uns aneinander festhielten.

Wir kamen rechtzeitig an und setzten uns in die eiskalte Wartehalle. Es war zugig.

Horst erzählte uns von dem Aufenthalt im Lager. Er musste in einer Fabrik arbeiten. Zuerst in einer Kinderwagenfabrik, dann in einer Zuckerfabrik. Sie mussten die Zuckersäcke verladen. Da sie stets Hunger hatten, ließen sie ab und zu einen Sack Zucker fallen und rissen ihn auf, um etwas davon zu essen.

Er fragte mich, wie ich es geschafft hatte hierher zu kommen. „Das erzähle ich dir, wenn wir zuhause sind. Wir dürfen jetzt nicht mehr reden, da sie sonst erkennen, dass wir Deutsche sind", sagte ich.

Gendarmen tauchten am Bahnhof auf. Ich hatte ein mulmiges Gefühl im Magen. Wir verstummten.

Einen Moment später fuhr der Zug im Bahnhof ein. Zwischen uns und dem Zug war also nun die Absperrung, mit dem Bahnbeamten, durch die wir mussten. Damals gab es noch diese Absperrungen, um dem Bahnbeamten die Fahrkarte vorzuzeigen. Er lochte die Karte und dann konnte man passieren.

Die Gendarmen kamen näher. Sie fragten uns nach unseren Pässen. Wir standen gleichzeitig auf.

Der Zug begann zu pfeifen. Alle Passagiere waren schon eingestiegen. Seine Türen wurden geschlossen. Der Schaffner gab das Signal. Wenn wir uns jetzt auf die Gandarmen einließen, verpassten wir den Zug. Und unsere Reise endete hier.

Der Bahnbeamte, ein Tscheche, der in kurzer Entfernung stand, beobachtete uns. Er bemerkte die heikle Lage.

„Was machen wir jetzt?", fragte Horst. Wir schauten uns an. „Laufen, am besten laufen", sagte ich.

In dem Moment kam der Beamte zu uns rüber. Er packte uns am Arm und schob uns durch die Absperrung in den Zug hinein. In dem Moment schloss die Tür hinter uns. Die Räder quietschten und der Zug fuhr los.

Wir sahen noch wie die Gendarmen hinter uns her rannten und schimpften. Sie drohten uns wild gestikulierend. Damit hatten selbst sie nicht gerechnet.

Sie diskutierten mit dem Beamten, der uns half und dann verschwanden sie und wir entfernten uns immer mehr von dem Ort Königrätz von Sekunde zu Sekunde.

Ich freute mich so sehr, dass wir es geschafft hatten und war sehr erleichtert.

Die Rückfahrt dagegen war ein Kinderspiel und die Anspannung ließ langsam nach.

Abends kamen wir in Freiwaldau an. Da es zu spät war, um weiterzufahren, übernachtete Horst bei mir. Meiner Begleiterin gab ich die versprochene Bezahlung. Ich bedankte mich bei ihr. Sie war auch froh, dass wir heil angekommen waren.

Erst am nächsten Tag fuhren wir weiter. Ich brachte meinen Bruder nach Hause. In Jauernig angekommen, warteten bereits meine Mutter und Grusla auf uns am Bahnhof. Sie gingen zu jedem Zug, der ankam, um zu schauen, ob wir kamen. Ich dachte, sie zerreißen meinen Bruder vor Freude, als wir aus dem Zug stiegen.

Zuhause wurde er gebadet. Er war so schmutzig und roch unangenehm, um nicht zu sagen er stank.

Meinen Bruder hatte das alles sehr mitgenommen. Er wurde sehr krank und kam zum Liegen.

Er hatte Wasser im Körper und war sehr, sehr abgemagert. Vier Wochen dauerte seine Genesung. Der Bauer nebenan brachte Eier, mit denen er wieder aufgepäppelt wurde. Aber Hauptsache er war wieder zuhause.

Wir erfuhren, dass ein Arbeitskollege von mir im Lager starb. Einige Wochen später wurde es aufgelöst, da dort Typhus ausbrach. Alle Insassen wurden in andere Lager verlegt.

14. Aussiedlung in den Westen

Es war März 1946. Als Deutsche bekam man eine Genehmigung, dass man alle 4 Wochen mit dem Zug fahren konnte, um seine Familie besuchen zu dürfen. Ich bekam die Erlaubnis und fuhr im März zu meiner Mutter.

Mein Bruder erholte sich von den Strapazen im Lager, obwohl er immer noch sehr krank aussah und sehr dünn war.

Die Lage spitzte sich immer mehr zu. Die Stimmung wurde immer brisanter.

Die Vertreibung, bzw. die Aussiedlung war im vollen Gange.

Auch meine Familie und ich hatten ein Schreiben erhalten. Meine Mutter hatte bereits alles gepackt. Alle Koffer, die sie tragen konnten waren gepackt mit Wäsche, Familienfotos, Andenken, Nahrung und was alles wichtig war.

Mein Bruder hatte seine Trompete zerstört, „wenn ich sie nicht haben kann, dann sollen sie die Tschechen auch nicht haben", sagte er.

Das wertvolle Familiengeschirr hatte mein Bruder im Garten in der Hütte vergraben, falls wir irgendwann wieder herkommen sollten, konnten wir es wieder ausgraben.

Als die Gendarmen zu mir kamen, gaben Sie mir eine Stunde Zeit. Frech wie ich war, antwortete ich Ihnen, dass mir das nicht reichte. Sie fragten mich, wie lange ich brauchen würde. Ich antwortete, dass ich eine Woche brauche. Sie willigten ein. So hatte ich noch eine Woche Zeit, um alles zu regeln
Meine Mutter zeigte mir die Bekanntmachung:
Sie war zuerst in Tschechisch geschrieben und dann auf Deutsch übersetzt worden.

Aufmerksammachung

Personen, die für den Abtransport bestimmt sind, haben ihre Wohnung in vollster Ordnung zu verlassen. Pro Person wird ein Gepäck von 50 kg bewilligt. Wer mehr als vorgeschriebenes Gewicht haben wird, dem werden die Sachen abgenommen, ohne Rücksicht, was für Sachen es sind. Die übrigen Sachen sind in der Wohnung an Ort und Stelle zu lassen z.B. Vorhänge, Teppiche, Tischlampen, Wandspiegel, Waschschüsseln, Teile der Einrichtung, Tischdecken, Handtücher, Matratzen in Betten, Bettlaken sind mindestens je ein Kopfkissen und Zudecken , alles frisch bezogen.

Das Gepäck darf nicht in Teppiche oder Überzüge gepackt werden.

Wird bei der Kontrolle festgestellt, daß dies nicht beachtet wurde, wird die betreffende Person nicht in den Transport aufgenommen, sondern ins Inland auf Arbeit geschickt.

Wer sich nicht 24 Stunden nach Erhalt des Einberufungsscheines in der Sammelstelle melden wird, wird von der Polizei vorgeführt.

„Okresní správní komise"[2]

Das hieß Bezirksverwaltungsaussschuß.

Ich konnte diese Dreistigkeit nicht fassen, aber alle Deutschen bekamen dieses Schreiben oder ein ähnliches.

Wir setzten uns zum Essen. Es gab Kartoffeln, die Grusla selbst im Garten gezogen hatte. Dazu etwas Quark und Butter, die meine Mutter beim Bauern eingetauscht hatte. Es war ein Festmahl, mit bitterem Beigeschmack.

Jetzt war es wohl soweit.

„Mama, ich habe einen Aufschub vom Arbeitsamt bekommen, da ich noch als Arbeitskraft gebraucht werde, aber ich bleibe nicht alleine zurück. Wenn ihr gehen müsst, dann gehe ich mit euch."

Meine Mutter antwortete: „Wenn du Aufschub bekommen hast, dann gilt das bestimmt auch für uns. Wir brauchen uns also keine Sorgen zu machen. Ich gehe morgen auf das Rathaus und erkundige mich."

Am nächsten Tag fuhr ich mit dem Zug zurück nach Freiwaldau.
Als ich von der Arbeit kam, wurde mir die Nachricht überbracht, dass meine Familie doch abgeholt wurde. Die Nachbarn haben es gesehen.
Sie berichteten mir, dass der Aufschub nicht für sie galt. Da meine Familie sich sicher war, dass es auch für sie galt, hatten Sie einen Teil der Sachen wieder ausgepackt. Sie hatten sogar einen Karnickel geschlachtet, der im Topf als Braten war. Plötzlich kam ein Lastwagen vorgefahren und hat alle drei Personen einfach aufgeladen. Sie konnten ein paar Habseligkeiten mitnehmen. Sogar den Topf packten sie ein. Doch tragischer Weise fuhr der Lastwagen so rasant an, dass der Topf mitsamt Karnickel hinten vom Lastwagen fiel und nimmer wieder gesehen wurde. Eine tragisch komische Geschichte. Der Lastwagen fuhr nach Niklasdorf ins Sammellager.

Ich unternahm alles um, meine Zelte in Freiwaldau abzubrechen und ihnen zu folgen. Glücklicherweise kannte ich einen Lagerarzt, der mich mit seinem Auto nach Niklasdorf mitnehmen wollte.

Ich besaß nicht viele Sachen. Ich hatte sehr schöne Stoffe, die bereits zugeschnitten waren und aus denen ich mir Kleider schneidern wollte. Ich bekam die Marken für die Wäsche von der Tschechin, die eine Glaserei besaß. Sie war meine Kundin.

Meinen größten Teil an Wäsche gab ich einer Deutschen, die sie für mich waschen wollte, gegen Bezahlung.

Als ich sie abholen wollte, war die Frau aus ihrer Wohnung geschmissen worden. Die Wäsche stand eingeweicht im Zimmer, aber ich konnte den Tschechen nicht beweisen, dass sie mir gehörten. Das wäre ihnen wohl auch gänzlich egal gewesen. So war mein bisschen Wäsche auch noch futsch.

15. Aufbruch

Im April war es richtig kalt. Es lag Schnee und eigentlich war es ganz idyllisch. Wenn da nicht dieses Krampfen im Bauch gewesen wäre, die Heimat verlassen zu müssen.

Bevor ich mich mit dem Lagerarzt traf, ging ich nochmal zu Hedl ins Hotel, um mich zu verabschieden.

„Traudl, im Lokal hängt ein Gemälde von unserem Elternhaus. Ich brauche es nicht, du hast doch viel mehr Bezug dazu. Nimm es mit. "

Ich nahm es aus dem Rahmen, da ich ihn nicht mitnehmen konnte. Ich rollte es zusammen und steckte es zu meinen Sachen. Ich drückte Hedl, der eine Träne die Wangen hinunter lief. „Wir sehen uns wieder, ganz sicher:"

Ich ging. Hedl wurde einige Zeit später ausgesiedelt. Ich ging zu Nowaks, um mich bei Ihnen zu verabschieden. Dann begann die Fahrt nach Niklasdorf ins Lager.
Niklasdorf lag ca. 30 Kilometer entfernt von Freiwaldau nordöstlich direkt an der polnischen Grenze.

Wir redeten kaum ein Wort. Es lief wie im Traum ab, es fühlte sich nicht real an. Ich weiß nicht, wie lange wir fuhren, vielleicht eine Stunde, vielleicht weniger, vielleicht mehr. Durch den Schnee kamen wir nicht sehr schnell voran. Ich fühlte mich als ob ich zu meiner eigenen Hinrichtung fahren würde. Genau, so kann man es sagen.
Wir fuhren in das Sammellager. Dort warteten die Deutschen, bis ein Transport voll war und ins Nirgendwo fuhr. Das Sammellager war eine alte Munitionsfabrik. Es bestand aus Baracken.
Mir gingen viele Gedanken und Bilder durch den Kopf. Ich war gerade dabei meine Heimat zu

verlassen, dort wo ich groß geworden bin, wo ich gelebt hatte. Ich dachte darüber nach.

16. Was ist Heimat?

Die Heimat zu verlieren ist wie eine Mutter zu verlieren. Ein bisschen wie sterben.

Heimat ist Geborgenheit. Die Erinnerung an viele Dinge, die einem vertraut sind. Heimat ist der Ort, an dem man sich mit verbundenen Augen auskennt. Das ist die Natur, die nur so ist wie an diesem Ort und sonst nirgendwo anders. Das sind Gerüche von den verschiedenen Jahreszeiten. Der Geruch des Schnees im Winter, der Duft der Blüten im Frühjahr, der Geschmack der Früchte im Sommer und der Geruch der Ernte im Herbst und der Regen mit seinen Geräuschen, wenn die Regentropfen auf die Erde prasseln.

Heimat ist das wohlige Gefühl im Bauch von dem Ort, an dem man so sein darf, wie man ist mit all seinen Stärken und Schwächen.

Heimat ist die Farbe des Himmels von diesem Ort. Nirgendwo sonst hat der Himmel genau diese Farbe. Es ist die Intensität des Lichts, des Regenbogens.

Es ist der Ort, den man mit all seinen Sinnen kennt. Es ist die Kenntnis der Geräusche, die der Wind macht.

Heimat im Sudetenland ist die Kenntnis von den Menschen, die dort leben, mit ihren Charakterzügen, mit ihren Vorlieben, mit ihrer Wärme, mit ihrer Hilfsbereitschaft füreinander da zu sein. Es ist ihre ganz eigene Sprache, die einem immer in den Ohren klingt und das Feiern ihrer Feste. Es sind ihre Gesichter, die vom Wetter und von der Arbeit gezeichnet wurden, die sich einem ins Gedächtnis einbrennen, mit der Melodie ihrer Stimme.

Es ist der Klang der Musik und der Instrumente, die du nur in diesem Land hörst. Es ist das Schmecken der Luft. Es sind die Nachbarn und die Kinder mit denen man spielte.
Heimat ist das, womit du mit deinem ganzen Herzen verbunden bist. Es ist das Bild der Bäume und Sträucher, der Landschaft, die man in seinem Herzen trägt. Wo ich meine Tränen vergoss, wo ich gelacht und geweint habe und glücklich war.

Heimat ist das, wo man jeden Stein kennt und den Duft der Erde in der Nase verspürt, den man überall mit hinnehmen kann und ihn wiedererkennt.
Wenn du deine Heimst verlierst, irrst du umher, immer auf der Suche, dieses Gefühl des Einssein wieder zu finden.

Dann fiel mir das Lied ein, das mein Vater so oft sang und dessen Bedeutung ich mir jetzt erst bewusst wurde.

Das Riesengebirgslied

Blaue Berge, grüne Täler,
Mitten drin ein Häuschen klein,
Herrlich ist dies Stückchen Erde,
Und ich bin ja dort daheim.
Als ich einst ins Land gezogen,
Ham' die Berg' mir nachgeseh'n.
Mit der Kindheit, mit der Jugend,
Wußt selbst nicht, wie mir gescheh'n.

Oh, mein liebes Riesengebirge,
Wo die Elbe so heimlich rinnt,
Wo der Rübezahl mit seinen Zwergen
Heut' noch Sagen und Märchen spinnt.
Riesengebirge, deutsches Gebirge,
Meine liebe Heimat du!

Ist mir gut und schlecht gegangen,
Hab' gesungen und gelacht,
Doch in manchen bangen
Stunden hat mein Herz ganz still gepocht.
Und mich zog's nach Jahr und Stunden

Wieder heim ins Elternhaus.
Hielt's nicht mehr vor lauter Sehnsucht
Bei den fremden Menschen aus.

Du mein liebes Riesengebirge,
Wo die Elbe so heimlich rinnt,
Wo der Rübezahl mit seinen Zwergen
Heut' noch Sagen und Märchen spinnt.
Riesengebirge, deutsches Gebirge,
Meine liebe Heimat du!

Heil'ge Heimat, Vater, Mutter;
Und ich lieg an ihrer Brust,
Wie dereinst in Kindheitstagen,
Da von Leid ich nichts gewußt.
Wieder läuten hell die Glocken,
Wieder streichelt ihre Hand,
Und die Uhr im alten Stübchen
Tickt wie grüßend von der Wand.

Du mein liebes Riesengebirge,
Wo die Elbe so heimlich rinnt,
Wo der Rübezahl mit seinen Zwergen
Heut' noch Sagen und Märchen spinnt.
Riesengebirge, deutsches Gebirge,
Meine liebe Heimat du!

Und kommt's einstens zum Begraben,
Mögt ihr euren Willen tun,
Nur das eine, ja das eine,
Laßt mich in der Heimat ruh'n.
Wird der Herrgott mich dann fragen
Droben nach dem Heimatschein,
Zieh' ich stolz und frei und freudig
Flugs ins Himmelreich hinein.

Bin aus dem Riesengebirge,
Wo die Elbe so heimlich rinnt,
Wo der Rübezahl mit seinen Zwergen
Heut' noch Sagen und Märchen spinnt.
Riesengebirge, deutsches Gebirge,
Meine liebe Heimat du!

Dann standen wir vor dem Tor, vor dem mit Stacheldraht umzäunten Gelände und ich wurde wie mit einem Blitz herausgerissen aus meinen Tagträumen, um unsanft in der Realität zu landen.

17. Das Lager in Niklasdorf

Das Lager sah aus, wie jedes andere Lager auch. Es bestand aus Baracken, schwarzen Baracken, in Zweierreihe gegliedert. Eine hinter der anderen.

Dazwischen Wege aus Matsch, der um diese Jahreszeit noch gefroren war. Das ganze Gelände war mit Stacheldraht umzäumt, damit keiner der Insassen fliehen konnte. Über 1000 Menschen konnten hier eingepfercht werden. Lauter Holzbaracken soweit das Auge reichte. Entlang der Zäune gab es einen ausgetretenen Pfad, den die Menschen entlang liefen, um sich zu beschäftigen und sich zu bewegen.

Und sie warteten auf das Ende, das Ungewisse, bis der Transport voll war. Und täglich kamen neue Menschen an.

Die Fahrt ins Niemandsland oder wer weiß wohin. Trostlos, heimatlos.

Früher war das eine Munitionsfabrik. Es gab eine Rotkreuzbaracke. Dort gab es Wasserhähne. Alle Insassen konnten sich hier einmal am Tag waschen.

Ich durchschritt mal wieder ein Tor, diesmal mit den eigenen Koffern und einem in ein Tischtuch eingewickeltes Federbett.

Das Tor schloss sich hinter mir. Sie brachten mich zum Lagerbüro, das gleich vorne am Tor war. Dort brachte ich mein Anliegen vor. „Hier bin ich", sagte ich und legte mein Schreiben auf den Tisch. Sie brachten mich in eine Baracke und wiesen mir ein Bett zu. In jeder Baracke schliefen ca. 30 Menschen. Sie schliefen in Etagenbetten. Es waren zwei übereinander angebracht. Die Jüngeren schliefen oben. Mir wurde oben ein Bett zugewiesen. Ich breitete meine Sachen aus. Meinen Mantel behielt ich an.

Ich fragte den Wärter nach meiner Familie. Er zeigte mir die Baracke, in denen sie untergebracht waren.

Frauen und Männer waren getrennt untergebracht. Ich fand meine Mutter und Grusla. Wir waren froh, dass wir endlich wieder zusammen waren.

Horst war bei den Männern in der Baracke untergebracht.Mein Onkel Leo, dem das Ausflugslokal gehörte, war ebenfalls mit seiner Frau hier.

Mein anderer Onkel, der Schuhmacher, wohnte in Niklasdorf. Sie brachten uns ab und zu Kuchen, den wir untereinander aufteilten.

Es gab nur Baracken, schwarze Baracken. Tagaus, Tagein. Ich träumte von Baracken. Sie waren kalt und zugig. Wir durften das Lager nicht verlassen.

Es wurde langsam Frühling. Es war Mitte April. Das Eis begann zu tauen und es wurde wärmer. Die Sonnenstrahlen nutzten wir, um uns zu wärmen.

Wir wurden wie Gefangene gehalten. Am schlimmsten war diese Ungewissheit. Wie lange mussten wir hier bleiben? Wo kamen wir hin? Die einzige Abwechslung waren die Spaziergänge am Zaun entlang, zwischen den hohen Tannen. Ich ging stets mit meiner Kollegin Hilde, die mit mir in einer Baracke untergebracht war. Es gab sonst nichts zu tun.

Es gab Wanzen. Überall gab es Wanzen in den Baracken. Wanzen am Boden, Wanzen in den Betten, Wanzen an der Decke, Wanzen an der Wand.

Einige Lagerinsassen gingen gegen die Wanzen vor und bekämpften sie. Aber eigentlich war es nutzlos. Es waren zu viele.

„Na warte, dich jage ich. Gleich habe ich dich", sprach ein Insasse. Die Mitinsassen lachten. "Ja, gib es ihm", antworteten sie, „Du wirst mich nicht mehr ärgern."

Ich hörte mehrere Männerstimmen in der Baracke von Horst. Ich besuchte ihn und beobachtete was vor sich ging. Drei Männer standen um ein Etagenbett herum, einer saß auf dem unteren Bett und einer saß oben.

An dem Bettpfosten krabbelte hastig eine Wanze nach oben. Die Männer verfolgten sie mit einer Art Bunsenbrenner, aus dem eine Flamme schoss. Mit dieser Flamme jagten sie die Wanze, der es natürlich zu heiß wurde und die wohl wusste, dass ihr letztes Stündlein geschlagen hatte. Natürlich waren die Männer schneller. Und irgendwann beendeten sie das Wanzenleben und verschmorten sie mit der heißen Flamme. Sie brannte und zurück blieb ein Häufchen Asche.

Das war eine Art, sich die Zeit zu vertreiben. So bereiteten sie einigen Wanzen den Garaus. Aber, wie gesagt, es waren einfach zu viele und nachts schlugen sie zurück und bissen uns scharenweise.

Da es taute, weichten die Wege immer mehr auf. Es wurde matschiger und matschiger. Hunderte von Menschen liefen tagtäglich auf diesen Wegen entlang. Diesem Dreck war nicht beizukommen. Natürlich waren auch die Baracken davon betroffen. Sie waren voller Dreck, den wir mit unseren Schuhen hineintrugen.

Hilde und ich versuchten täglich die Baracke zu säubern. Meistens war es zwecklos. Wir hatten einen Eimer, einen Putzlappen und Wasser.

Dies musste ausreichen. Wir wischten die Baracke damit. Nach wenigen Minuten konnte man kein klares Wasser mehr erkennen. Es war eine einzige Dreckbrühe.

Eine tschechische Wache wurde auf uns aufmerksam und kam hinein. Er hatte starrende und fordernde Augen. Er näherte sich Hilde. Ich hielt mich ein paar Meter von ihr entfernt auf. Er fing an, sie anzufassen mit seinen groben und schmutzigen Händen. Sie stieß ihn zurück. Er wurde frecher und fordernder. Er sagte etwas auf Tschechisch, das wir nicht verstanden.

Sie wehrte sich immer mehr und er wurde aufdringlicher und griff ihr unter den Rock und an den Busen. Ich war geschockt und rannte auf ihn zu. Ich überwand all meine Angst und schrie ihn an: „Lass sie sofort los. Lass sie los." Als Nächstes warf ich ihm den dreckigen und nassen Putzlappen auf seine Uniform. Mit solch resolutem Auftreten hatte er nicht gerechnet. Er ließ sie los und schimpfte wie ein Rohrspatz. Er drohte mit der erhobenen Faust und haute ab.

Wir saßen zwar hier fest. Aber wir mussten uns nicht alles gefallen lassen. Nach all dem, was wir erlebt hatten, nach all der Demütigung und Angst waren wir trotzdem stolze und mutige Sudetenfrauen.

Wir hatten Glück, dass es keine Konsequenzen gab. Gott sei Dank! Andere hatten nicht dieses Glück und wurden geschändet und missbraucht.

Und so verging ein Tag nach dem anderen. Und alle versuchten einzig und allein zu überleben. Der Hunger nagte an uns. Wir aßen das Gras von der Wiese. Der Löwenzahn schmeckte uns. Manche waren am Jammern. Kinder weinten oder versuchten das Beste daraus zu machen und spielten. Andere sangen alte Volkslieder. Andere beteten das Vaterunser oder den Rosenkranz.

Es wurde wärmer. Ostern verging. Das erfuhren wir nebenbei, da wir keinen Kalender hatten.

Es kamen immer mehr Menschen ins Lager. Es wurde voller und voller. Immer mehr bekannte Gesichter, aber auch viele Fremde, die ich noch nie gesehen hatte. Von überall her wurden sie hierher gebracht.

Wir beobachteten, wie alles wuchs, wie die Natur zu neuem Leben erblühte. So viel Zeit hatten wir noch nie, um alles genau zu beobachten.

Grusla fragte jeden Tag, wann wir wieder nach Hause konnten. Wir antworteten ihr: „Wir wissen es nicht."

18. Der Transport

Am 20. April 1946 war es soweit. An diesem Tag hatte ich Geburtstag. Ich wurde 21 Jahre alt. Der Transport war voll. Man brachte uns zum Bahnhof.

Die Sonne war gerade aufgegangen und wir wurden aus unserem Schlaf gerissen. Wir packten unsere paar Habseligkeiten zusammen und marschierten zum Bahnhof in Begleitung von Wachpersonal. Über 1000 Personen wurden verladen. Da stand er, der Zug mit Viehwaggons.

Es war eine große Unruhe und Angst in den Menschen. Wo geht es hin?

Die meisten funktionierten einfach. Sie hatten ihre Gefühle schon lange verschlossen. Viele konnten nicht mal mehr weinen.

Wir achteten darauf, dass wir zusammenblieben bis wir in einen der hinteren Waggons einsteigen sollten. Es roch noch nach den Tieren, die vorher damit transportiert waren. Es war kalt. Die ganze Prozedur bis alle verladen waren, dauerte mehrere Stunden. Nun war auch die Sonne draußen und wärmte uns etwas. Kinder weinten.

Wir hatten Glück, dass die Waggons verschlossen waren. Frühere Transporte fuhren mit offenen Waggons. Dadurch erfroren viele Menschen.

Die Waggons waren, außer den Menschen, leer. Wir suchten uns in einer Ecke einen Platz am Boden auf unseren Koffern.

Mal kam Hunger durch, mal Angst, mal Kälte. Es gab keine Bänke, keine Toilette, keine Heizung. Nur der blanke Boden! Es gab keine Fenster, nur kleine Schlitze in den Wänden, durch die man durchschauen konnte. Und der Angstschweiß von den Anwesenden, die aus Kindern, alten Menschen und Frauen bestanden. Immer wieder hörte man die riesigen Türen auf und zu schlagen.

Die Stunden vergingen. Ich war zeitlos. Wir redeten wenig. Es wurde am dunkel, als der Zug voll besetzt war und sich in Bewegung setzte. Er pfiff und rauchte. Es quietschten die Räder und es war an der Zeit, endgültig auf unbestimmte Zeit Abschied zu nehmen, ohne zu wissen, ob wir jemals wieder zurückkehren sollten oder wo wir hingebracht werden.

Wir fuhren an der Kirche vorbei, die einem Dom glich und zu Ehren des heiligen Nikolaus errichtet wurde. Wir kamen zu dem Dorf Gröditz. An einigen Stellen standen Gruppen von Einheimischen, die den Fahrenden zuwinkten, um Abschied zu nehmen.

Im Nachbarwaggon stimmten Leute ein altes Volkslied ein. Sie sangen gemeinsam in der Dunkelheit.

"Nun ade, du mein lieb Heimatland,

Lieb Heimatland ade.

Vom Zuge her im wald´gen Tal

Da grüß ich dich zum letzten Mal,

Lieb Heimatland ade"

Ich bekam Gänsehaut. Die Häuser des Ortes Böhmischdorf zogen an uns vorüber. Im Hintergrund sahen wir die Goldkuppe und dann den Kreuzberg.

Meine Angst war vor allen Dingen, dass es in den Osten ging. So schob ich den Koffer an die Außenwand unter die Schlitze, stellte mich darauf, und schaute durch die Schlitze, um zu sehen in welche Richtung wir fuhren. An den Lichtern von dem Bahnhof von Freiwaldau konnte ich erkennen, dass es in Richtung Westen ging. Ich war erleichtert und setzte mich wieder hin.

In der Zeit der Ungewissheit gingen mir viele Gedanken durch den Kopf.

Hilde war mit in unserem Waggon, mit ihren Eltern. Ihr Vater hatte Gesichtsrose und ihm lief der Eiter die Wangen entlang.

40 Menschen drängten sich in dem Waggon, gerade so viele, dass jeder liegen konnte. Wir benutzten alle einen Marmeladeneimer als Toilette. Als Abdeckung nahmen wir eine Decke.

Wenn jemand musste, hielten zwei andere Personen die Decke, während man in den Eimer pinkelte. Die Kinder setzten sich auf einen kleinen Pott, die die Eltern selten auswuschen. Es war unerträglich und es roch stark nach Urin und anderen Exkrementen.

Tag und Nacht entfernten wir uns weiter von unserer Heimat. Wir hielten immer wieder an. An den Haltestellen gab es ausgehobene Löcher mit Balken drum herum. Dort konnten die Menschen ihr größeres Geschäft erledigen. Ich hatte vom Hinschauen Angst dort hineinzufallen.

Auf einem Nachbargleis stand ein Zug mit Negern. Ein paar stiegen aus und kamen zu uns. Sie reichten uns Schokolade. Das war das erste Mal, dass ich Schokolade aß. Ab und zu wurde uns auch etwas Brot gegeben.

Ansonsten gab es zwischendurch etwas zu essen, eine unansehnliche wässrige Suppe. In der letzten Nacht lag ich an der Tür. Ich merkte nicht, dass sie unverschlossen war. Erst als wir hielten und die Tür sich fast von alleine öffnete bemerkte ich es und war heilfroh, dass ich nicht unterwegs heraus gefallen war.

So kamen wir nach 4 Tagen und 4 Nächten in Fürth an. Der Zug hielt an. Wir wurden mit einem Puder entlaust. Die Haare waren weiß von dem Zeug und rochen unangenehm.

Danach wurden wir umgeladen und kamen in einen Zug, der uns nach Korbach brachte. In Korbach konnten wir das erste Mal unsere Freiheit genießen.

Wir mussten hier eine Nacht verbringen. Das nutzten Horst und ich und gingen ins Kino. Es lief der Film Goldrausch mit Charlie Chaplin. Es tat gut zu lachen, obwohl ich eher Mitleid hatte mit ihm. Die Anspannung ließ langsam nach. Wir waren müde von der anstrengenden Fahrt. Aber es tat gut die Freiheit zu atmen. Ich nahm tief Luft und genoss es.

Am nächsten Morgen gingen wir früh auf ein Amt. Die Menschen waren sehr nett. Wir bekamen unsere Zuteilung in welchem Ort wir kommen sollten. Von dort ging es weiter mit einem Lastwagen nach Freienhagen in Hessen, in der Nähe vom Edersee.

Sie brachten uns mit einigen anderen vor das Spritzenhaus in der Mitte des Dorfes. Es wurden alle abgeholt. Wir waren die Letzten, die warteten.

Sie schickten uns zu einer Bauersfamilie. Als wir dort ankamen, fragte uns die Bäuerin, welchen Beruf wir haben. Wir antworteten, dass wir Friseure sind. Die Bäuerin schüttelte mit dem Kopf: „So Leute brauchen wir nicht. Wir brauchen nur Leute, die arbeiten können." Das war eine direkte Abfuhr. Sie schickte uns weg. So gingen wir mit unseren Koffern zurück zum Spritzenhaus.

Wir waren endgültig die Letzten. Dann kam eine Frau. Sie hieß Frau Klaus und war sehr nett. Sie konnte nur zwei von uns aufnehmen, da sie ein kleines Zimmer besaß. Meine Mutter und ich gingen zu ihr. Mein Bruder und Grusla wurden von zwei älteren Frauen aufgenommen.

Das Zimmer von uns war sehr karg. Es standen nur ein Bett darin und ein Tisch mit einem Stuhl. Aber das sollte reichen. Es war eine Unterkunft.

Anfangs schliefen wir zu zweit in dem Bett. Zu allem Übel hatte mir die Kälte im Zug mehr ausgemacht, als ich dachte. Ich bekam eine Blasen- und Nierenbeckenentzündung. Vier Wochen lag ich und war ans Bett gefesselt. Meine Mutter schlief auf dem Boden in der Zeit. Sie kümmerte und versorgte mich. Ich hatte Gott sei Dank mein Federbett, so hatte ich es warm.

Nun waren wir heimatlos, die Vertriebenen, die keiner haben wollte. Ein Schicksal, das ich niemandem wünschen möchte. Aber Hauptsache wir waren angekommen und die Angst hatte ein Ende.

19. Neue Heimat

Horst und Grusla konnten bei einem Bauern helfen. Sie fuhren jeden Tag aufs Feld und es machte ihnen richtig Spaß und brachte ihnen viel Freude. Vor allen Dingen Grusla blühte wieder auf. Ihr gefiel diese Arbeit auf dem Feld. Sie bekamen zu essen und versorgten uns mit.

Meine Mutter schrieb nach Wien zu meiner Tante und berichtete, wo wir untergekommen waren. So hatten wir es ausgemacht. Und so fanden wir alle in kürzester Zeit wieder zusammen. Mir ging es gesundheitlich besser und ich konnte mitarbeiten.

Meine Schwester kam ebenfalls zu uns. In Wien wurden alle Ausländer rausgeworfen. Auf der Flucht von Wien verkleidete sie sich als Soldat, um nicht als Frau erkannt zu werden. Sie wurden von Russen gefasst. Sie befand sich unter den Kriegsgefangenen. Eines Nachts stand neben ihnen ein Lastwagen mit gefangenen Frauen. Sie wurden vergewaltigt. Dieses Durcheinander nutzten sie und ein paar Gefangene Soldaten zur Flucht, die ihnen gelang. So kam sie nach langer Zeit zu uns.

Eines Tages hörte ich eine Männerstimme bei meiner Mutter. Ich dachte nur, welcher Mann ist bei meiner Mutter? Als ich hereinkam, sah ich einen hageren groß gewachsenen Mann. Ich traute meinen Augen kaum. Es war mein Vater. Er war aus der Kriegsgefangenschaft zurückgekommen. Das war das größte Geschenk für uns.

Ein Jahr nachdem die Tschechen uns alles weggenommen hatten, nahmen die Russen den Tschechen alles weg. Herr Maier hatte nicht lange Freude an dem Friseurgeschäft. Und so verlor Herr Maier das Geschäft und musste von diesem Moment an wieder als Geselle arbeiten.

Es sollte ein Flüchtlingsabend geben, bei dem die Einheimischen für uns Theater spielen wollten. Wie das Schicksal es so wollte, sollte ich an diesem Abend meinen zukünftigen Mann kennen lernen. Sie spielten „Ein Sommernachtstraum" von Shakespeare. Ein Schauspieler war der Star des Abends. Wenn er auf die Bühne kam, fingen die Zuschauer an zu lachen. Danach gab es noch einen Tanzabend. Und der beliebte Schauspieler hatte nur Augen für mich. Wir tanzten den ganzen Abend zusammen. Die Mütter sagten zu ihm: „Tanz doch auch mal mit meiner Tochter." Aber nein. Er tanzte nur mit mir. Wir blieben zusammen und heirateten.

20. Ende gut, alles gut

Ich hörte eine Tür. „Jetzt sind Sie an der Reihe", hörte ich eine Stimme. Es war die Schwester. Die Bilder von eben verblassten. Ich öffnete die Augen und sah das Krankenhauszimmer. Ich hatte bis eben geschlafen. Es war früh am Morgen.

„Sie werden jetzt für die OP vorbereitet. Sie wissen ja, dass in Ihrem Fall eine Vollnarkose gemacht wird."

Ich hatte die Nacht durchgeschlafen. Ich war trotzdem müde und fühlte mich wie gerädert. Da ich nüchtern sein musste, konnte ich nichts essen.

Es ging alles sehr schnell. Ich wurde mit dem Bett in den OP-Raum gefahren. Ich bekam die Narkose. Schon dämmerte ich wieder dahin. Ich sah den Arzt und die Schwestern beim Vorbereiten des Bestecks. Es klapperte und ich versank in einen tiefen Schlaf. Es wurde mir eine neue Linse in mein Auge eingesetzt.

Als ich aufwachte lag ich schon wieder in meinem Zimmer. Es verging die Zeit. Ich hörte den Straßenverkehr in weiter Ferne. Meine Nachbarin hatte Besuch. Sie unterhielten sich leise. Es war wohl später Nachmittag, als ich aus der Narkose aufwachte. Als ich die Augen öffnete, war alles dunkel. Meine Augen waren mit einem Verband bedeckt. Ich konnte nichts sehen.

Mein Mund war trocken und ich verspürte das Verlangen etwas zu trinken.

„Wie geht es Ihnen?", hörte ich die Schwester fragen. „Ganz gut", krächzte ich noch heiser von der Narkose. „Ich habe Durst." Sie gab mir Tee zum Trinken. „Wir können den Verband jetzt abnehmen", antwortete sie.

Vorsichtig nahm sie Schicht für Schicht ab. Es wurde hell, aber alles war verschwommen. Farben konnte ich wahrnehmen und dass jemand vor mir stand. „Können Sie etwas erkennen?" „Nicht richtig", antwortete ich. „Das gibt sich bald. Und wenn alles in Ordnung ist, können wir Sie morgen entlassen."

Nach und nach wurden die Farben und die Umrisse klarer. Ich bekam Besuch. Zuerst meine Tochter und später mein Sohn. Ich erzählte, dass ich am nächsten Tag entlassen werden sollte.

Die Nacht war ruhig und ich schlief tief und fest. Der Blick wurde immer klarer und am nächsten Morgen konnte ich alles besser erkennen.

Nach dem Frühstück, das ich im Bett einnahm, wurde ich zum Arzt geführt. Er setzte mich wieder vor dieses riesige Gerät, das mir Licht in die Augen schien. Er war sehr zufrieden. „Ihre Sehfähigkeit ist viel besser. Sie ist bei 50 %. Wie fühlen Sie sich damit?", fragte er mich. „Gut", antwortete ich.

„Dann können Sie nach Hause. Wir stellen Ihnen die Entlassungspapiere aus. Haben Sie jemanden, der Sie abholt?" „Ja, meine Tochter." „Wir sagen ihr Bescheid, dass sie kommen kann. Diese Tropfen nehmen Sie bitte morgens und abends in beide Augen, damit der Augeninnendruck unten bleibt. Die Schwester schreibt Ihnen alles auf. Und lassen Sie sich einen Termin bei Ihrem Augenarzt geben. Um alles Weitere kümmert er sich. Er macht die Nachuntersuchung. Machen Sie es gut." Er reichte mir die Hand zum Abschied.

Ich war sehr froh. Ich konnte alles wieder viel besser sehen. Meine Tochter kam mittags und holte mich. Sie packte meine Sachen ein. Ich verabschiedete mich bei meiner Nachbarin und den Schwestern. Dann ging es nach Hause.

Ich war sehr froh, wieder in meinem eigenen Bett schlafen zu können.

Meine Heimat sah ich noch ein einziges Mal wieder. Mein Mann, meine Tochter, meine Schwester, mein Bruder Horst und ich besuchten das Sudetenland gemeinsam. Es hatte sich nicht viel verändert, außer dass viele Häuser am Verfallen waren.

Waltraud Rennert geborene Winkler

verstarb am 24. November 2013

im Alter von 88 Jahren.

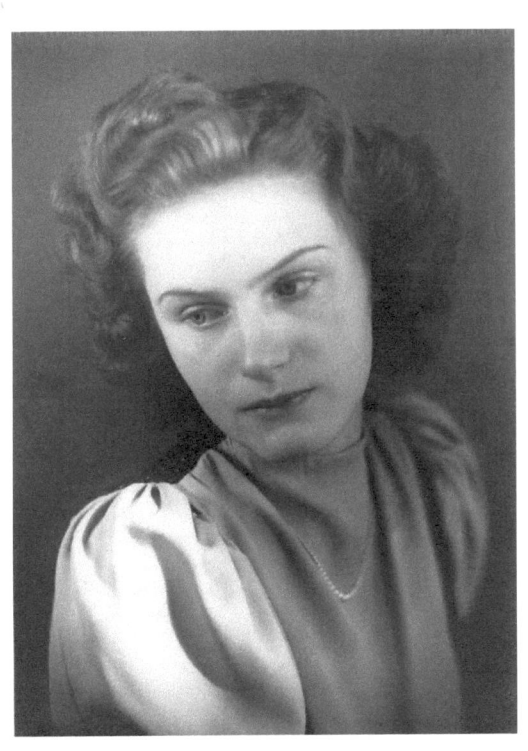

1. Sudetenland Lexikon, Rudolf Hemmerle, Adam Kraft Verlag, S.25

2. Die Vertreibung Sudetenland 1945 – 1946, Emil Franzel, Aufstieg Verlag Landshut, S.427

Susanne Rennert, die Autorin, ist die Tochter und lebte mit ihrer Mutter Waltraud Rennert in einem Haus zusammen. Waltraud erzählte ihr die Geschichte und Susanne schrieb alles auf, um sie der Nachwelt zugänglich zu machen. In vielen gemeinsamen Stunden ist dieses Buch entstanden.

Besuchen Sie die Webseite von Susanne Rennert und erfahren Sie Aktuelles.
www.die-zauberkiste.de

Ebenso finden Sie die Autorin bei Facebook
www.facebook.com/rennert.susanne